我買下了與她的每週密會

~以五千圓為藉口，共度兩人時光~

羽田宇佐
USA HANEDA
插畫／U 35

1

Kadokawa Fantastic Novels

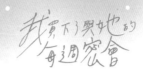

第1話　仙台同學的價值不多不少就是五千圓

其實也沒有非要仙台同學不可的理由。換成市尾同學也好，後藤同學也可以。就算是個未曾謀面的陌生人也無所謂。

即使如此，我仍選上了仙台同學，是出於命運的安排……要是我能這麼說就好了，然而實際上只不過是偶然。許多偶然重疊在一起，再加上我的一時興起，所以現在仙台同學在我的房間裡。

一週一次，每次三小時。

我會付給她五千圓。

這就是我們之間的契約。

不，其實我們沒訂定這些明確的規範。

有過兩小時支付五千圓，也有過三個半小時支付五千圓的經驗。有時一週一次，也曾經一週有過兩次。時間與次數不一定，不過五千圓這個金額不會改變。總之不管時間與次數，我會用每次五千圓的代價，買下仙台同學放學後的時間。

這是個不爭的事實。

「宮城，拿這個的下一集給我。」

躺在我床上的仙台同學用一副理所當然的態度這麼說，敲了敲我的肩膀。

靠著床鋪坐在地板上的我回過頭，發現敲在我的肩膀上的是她剛看完的漫畫。

在十二月一個冷到不行的日子裡，為了抵擋外頭的寒意而開了電暖器升溫後的房間，對她而言似乎有些熱，只見她脫掉了制服的制服外套。沒繫好的領帶，解開了從上面算來兩顆釦子的襯衫，再配上比校規規定更短的裙子，她用這身打扮在房裡軟爛著的模樣，實在很不像樣。我想只要我有那個意思，應該能直接欣賞她的裙底風光。

看到在學校保有清純形象的仙台同學這副模樣，班上同學可能會感到幻想破滅吧。

「妳自己拿啦。」

我把上面標示著第三集的漫畫，推回給正一派輕鬆地霸占了床鋪的仙台同學。

儘管不到頂尖，卻也列居前茅。

如果卸掉臉上的淡妝，說不定其實只有中上程度，不過仙台同學就是有著這種水準的美貌。而且她的腦筋也很好，成績在全年級當中也是前段班的，應該啦。

當然她也滿受歡迎的。

——好像是這樣。之所以說得這麼曖昧，是因為我也沒目睹過她受人簇擁的場面。

她是所謂的現充，在校內權力階層中屬於上層的人。

雖然說是上層，她在那些人之中的地位算是比較低的那一群就是了。

即使如此，她在班上還是很醒目，就算有人追捧也不奇怪。

「小氣鬼。妳幫我拿一下又不會怎樣。」

仙台同學的手突然伸過來，把第三集丟到我的大腿上。

「……仙台同學，妳到底把我當成什麼了？」

「離書櫃最近的人。」

「自己拿啦。」

我冷漠地回話，把第三集放到床上。

如果這是在學校，位於校內權力階層的底層，或者說勉強才能構上二軍邊緣的我，當然不可能用這種囂張的態度跟仙台同學說話。

是因為在這個房間裡。

因為我付了五千圓買下仙台同學，所以才能做出這種事。

但是我不懂她為什麼會這樣逆來順受地任我買下她。以仙台同學的資質，我覺得只要她有心，在同樣的時間內，別說五千圓了，她想賺個一、兩萬圓都不是什麼難事。

頂著女高中生的頭銜，再加上她的姣好外貌，應該有人願意支付那樣的價碼才對。

所以像我這種無論是腦筋還是外貌都很普通的人，竟然能獲得自由使喚仙台同學的權利，現在這恐怕是絕無僅有的狀況，這段時間也變得格外寶貴。

「唉～好啦，我自己拿。」

仙台同學用一副覺得很麻煩的口氣說完後下了床，隨即坐到書櫃前，嘴上一邊嘀咕著：「第四集在哪啊？」一邊開始找起書來。

雖然不爽，但我覺得光看她的背影，就能夠想像她的臉有多正。

長及背部的頭髮綁成公主頭，左右兩側的頭髮編成辮子固定在腦後。髮色與其說是黑色，更接近棕色，可是老師並沒有因此指責她。當然這違反了校規，不過或許是因為她在服裝儀容上拿捏得恰到好處，加上選擇了乾淨清爽髮型的形象策略奏效，我從沒看過老師抓她違反校規的場面。而且她又被分在成績比較好的那一邊，老師可能也不會特地去盯她吧。

說這是老師刻意偏袒她也不為過，這社會真的是很沒道理可言。

我整個人倒在仙台同學離開的床上。

我也不是想變成她那樣，但是確實有些羨慕她。

我今天因為搞錯作業範圍，交錯了東西而被老師罵。如果弄錯的是仙台同學，老師應該不會罵她吧。

「我說宮城，書櫃裡沒有第四集耶。沒有的話妳早說沒有就好了嘛。」

進入高中生活後，過得比其他人更輕鬆愉快的仙台同學不悅地看著我。

「明明就有。」

「沒有啊。」

「騙人，有吧。」

「就說沒有了。」

見她說得這麼堅定，我開始回想。

我記得第四集的發售日，可是不太有印象自己到底買了沒有。

「第四集是上週發售的，所以我以為自己買了，但我有可能忘了買。」

我自言自語般地嘀咕道，決定明天去買。

我把臉貼在棉被上，感受到一股不屬於我的好聞香氣，激起了我的不滿。

「原來妳有在記發售日喔？」

「有啊。」

「好宅喔。」

「要妳管。」

我抬起臉看著仙台同學。

她的說法其實不是那麼帶刺，甚至可以算是在開玩笑，卻令我備感煩躁。我起身看向窗外，天色已稍稍暗了下來，幾戶之外的大樓也已亮起燈光。

夜晚即將到來。

我拉上窗簾，開燈。

坐回床上，將兩腳的腳底貼在地板上。

今天過得不太順遂。

我的心情跟天色一樣陰暗。

「仙台同學，妳過來這裡，坐下。」

我喊了人在書櫃前的仙台同學。

「妳說坐下，是要我坐在妳旁邊？」

「坐在地板上。」

「命令時間到了？」

「沒錯。」

當白天過得不順遂時，我就會在放學後叫仙台同學來，並命令她。

自從跟她建立了這樣的關係之後，我便這麼決定了。

我蹺著腿，看著仙台同學。

我的裙子雖然比仙台同學的長一點，不過還是略短於校規規定的長度。我是不像她有一雙修長的美腿可以給人看，但這也無可奈何。

「所以要做什麼？」

仙台同學坐在我面前如此問道。

我放下剛蹺起來的腿，平靜地開口。

「脫掉。」

我把右腳放到仙台同學的大腿上，指了指襪子。

「好好好。」

「『好』說一次就夠了。」

我才說完，仙台同學又用「好好好」來回應我。我是不至於要她連回話都遵照我的方式來回，所以沒說什麼。接著她便照我的命令脫下了襪子，然後問我：「左腳也要脫嗎？」

「左腳不用。舔脫了襪子的那一邊。」

我用光腳輕輕戳了戳仙台同學的肚子。她露出詫異的表情。

「舔妳的腳？」

「對。」

我大概是從梅雨季結束那時開始花五千圓買下仙台同學的時間，但還是第一次下這種命令。平常我下的都是叫她唸書給我聽，或是幫我寫作業這種無傷大雅的命令。

花五千圓就能讓仙台同學對我唯命是從。

只有這才是重點，內容並不重要。所以我才沒有下過這種很「刻意」的命令。可是今天，我不想命令她做那些無傷大雅的事。

我想下個她會不想遵從的命令。

只是我也不認為習慣遵從無聊命令的她，會遵從這種跟平常不一樣的命令。

「……我知道了。」

儘管沒有立刻回覆，仙台同學卻與我的預測相反，接受了這項命令。她的語氣之中不帶任何感情，卻仍用手扶著我的腳踝和腳跟，捧起了我的腳。

仙台同學凝視著我的腳。

我的背脊一陣麻。

命令雖然是我下的，眼前這不真實的景象卻讓我的身體有些緊繃。

在班上屬於引人注目的那一群，又備受老師疼愛的仙台同學，竟然如此乖巧地任憑毫無優點的我命令她，準備像個僕人那樣舔我的腳。

接下來即將發生的事情讓我的情緒高昂起來。

「仙台同學，動作快。」

我催促遲遲沒有行動的她。

電暖器持續吹送溫暖的空氣，仙台同學有些燥熱似的把領帶拉得更鬆。制服外套被她脫在稍遠處。從已經解開兩顆釦子的襯衫領口處，可以看見她暴露在外的鎖骨。

我的腳被她輕輕地抬起，溫暖的氣息呼在我的腳背上。

然後是一股柔軟的觸感。

應該是仙台同學的舌頭碰到了我的腳。

「可以了嗎？」

「不行。」

我強硬地對想馬上抬起頭的仙台同學說，並用腳背挑起她的下巴。

「我只舔一下不夠嗎？」

仙台同學推開我的腳，狠狠地看了過來。

「不夠。」

「那我要舔到什麼時候才行？」

「舔到我滿意為止。」

「變態。」

「因為妳的工作就是要聽從這個變態的指令。」

我已經在事前付了五千圓給她。

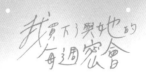

那就是束縛住仙台同學的鎖鍊，她沒辦法違抗我。
在這個房間裡存在著這樣的約定。而她只能遵從這個要聽命於我的約定。

◇◇◇

「仙台同學，住手。」
約莫五分鐘。
說不定有將近十分鐘。
我沒有計時，所以不是很確定，但應該差不多過了這麼久之後，仙台同學突然咬了我的腳。我的腳拇趾明確地感受到，她做出舔這個命令以外的動作所帶來的牙齒感觸。
「仙台同學。」
我用比方才更強硬的語氣說道。
好痛。
仙台同學沒有聽從「住手」這個命令，用牙齒咬住了我的腳趾，用力到幾乎要留下齒痕的程度。
「別做命令以外的事情啦。」

在我的視線前方，可以看到她的髮旋。

我抗議地抓著她的腦袋搖晃了一下，她才鬆開原本咬在我腳趾上的牙齒。然後她的舌頭像是在確認齒痕似的舔了上來，弄濕了我的腳趾。溫暖的舌頭感覺很噁心。但是我意識到自己心中不單只有這種感覺，為了甩掉那份感情，我用過去未曾有過的強硬語氣對仙台同學說道。

「我不是叫妳住手了嗎？結束了。」

仙台同學抬頭，拿起襪子。

「把腳給我，我幫妳穿。」

通常應該是乾燥的部位卻濕答答的感覺，其實滿不舒服的。我也沒打算要她一直舔下去，所以對於穿上襪子這件事是沒有意見，但我只想反駁她剛剛那句搞不清楚誰才能下達命令的發言。

「襪子不用穿，妳把這邊也脫了。」

我說完並把左腳放到仙台同學的大腿上後，她默默地照做了。

「所以宮城，被人舔腳很好玩嗎？」

「還算好玩吧。」

儘管不如雜誌上的模特兒，仙台同學仍有著出眾的外貌。即使被這麼漂亮的人用舌頭舔腳背，感覺也實在稱不上有趣，不過仙台同學在舔我的腳，這個情境本身倒是相當有趣。

「宮城妳真的很變態耶。」

「照著命令舔我腳的人才變態吧。」

「如果我在學校跟其他人說宮城命令我舔她的腳，我覺得大家都會說妳是變態。」

「如果是這樣，我就會去跟大家說仙台同學真的遵照命令舔了我的腳。讓大家來判斷我們到底誰才是變態就好了吧？」

「宮城妳才下流又變態吧。」

「我倒是覺得仙台同學妳才變態。」

要是今天我命令她的內容在學校曝光，勉強還算是二軍吊車尾的我，應該會整個人倒栽蔥，一口氣跌落到最底層，肯定無法再繼續過著目前這種還算普通的校園生活。不過仙台同學也一樣，要是讓人知道她竟然跑來舔我這種不起眼人物的腳，別說維持現有的地位了，她甚至有可能會被分到比我更低的階層去。

所以就算我下流又變態也無妨。

反正就算是仙台同學，在這裡也是下流變態的同夥。

「不然明天到學校問其他人，我跟宮城誰比較變態好了……開玩笑的啦。在學校洩漏這房間裡發生的事情可就違反契約了，放心吧，我不會說的。」

我們一開始就定下了幾條規矩。

為了讓我支付五千圓之後可以隨心所欲地差遣仙台同學，我們有事先說好幾件事，其中包含了不對任何人透露放學後所發生過的一切。

所以剛剛發生的那些事情，是只屬於我們兩人的祕密小遊戲，我當然不會告訴任何人。而仙台同學也不會洩漏出去的小遊戲。

「宮城，還有其他命令嗎？」

「沒有。」

我斬釘截鐵地回話，站起身來。

好冰。

房間裡面雖然很溫暖，光腳踩著的地板卻一點都不暖。不過她方才舔舐著我的腳的舌頭，既火熱，又柔軟——

我輕輕呼出一口氣。

「要喝點什麼嗎？」

我看著桌上的空玻璃杯問道，她簡短地回了我一句：「不用。」

「要吃晚餐嗎？」

我要回家。

我知道她會這樣回答。至今為止我問過好幾次同樣的問題，全都得到一模一樣的答案，所以今天照理說也不會有不同的答案吧。況且若她回我說要吃晚餐，我也很傷腦筋。

即使如此我還是順口提出了這個問題，結果我第一次聽到了「要」這句答覆。

我光著腳穿上拖鞋，領著仙台同學來到廚房，打開燈，按下空調開關，從超市的塑膠袋裡拿出泡麵，然後開始燒開水。我把兩杯撕開一半杯蓋的泡麵和免洗筷，放到坐在開放式廚房另一側吧台前的仙台同學前面後，只見她露出困惑的表情。

「這是什麼？」

「泡麵啊，妳看不出來嗎？難道家裡很有錢的仙台同學沒看過泡麵嗎？」

「如果我家真的有錢到讓我從沒看過泡麵，那我就不會來念現在這所高中，早就去念那種會用『祝您平安順心』當問候語的貴族學校了吧？」

仙台同學說得一副很受不了我的樣子，不過我聽說她的家境確實還不錯。

雖然不至於一身名牌，可是她用的東西感覺都很高級。我想她家恐怕從沒端出泡麵來當晚餐過吧。她一定都是吃人家親手做的料理。

仙台同學感覺就是個受到家人寵愛的孩子。

在正常情況下，我跟仙台同學根本連話都說不上吧。

——好想吐。

我直盯著正在煮兩人份熱水的快煮壺。

「而且泡麵這種東西我還是吃過的好嗎？啊，宮城妳家該不會很窮吧？」

「我的零用錢足夠讓我一週付妳一、兩次五千圓也不會有什麼問題，如果說這樣算窮，那就是窮了。」

我沒好氣地回答感覺是故意要調侃我的仙台同學。

我家雖然會吃泡麵當晚餐，但不是因為我家很窮。單論財力，我的家境算是富裕的。

「……嗯，確實不算窮。所以晚餐吃這個？」

「妳覺得吃便當比較好的話可以去買。還是妳要回家吃？我都可以。」

因為我沒有母親。

而且我不會做飯。

晚餐之所以吃泡麵的原因，就是這兩點。

我的確有個還算擅長烹飪的父親，但他工作太忙，幾乎沒有在孩子入睡前回家過。或許是出於讓女兒在這種環境下生活的罪惡感，父親給了我明顯比一般高中生還多的零用錢。

「就吃這個吧。」

仙台同學一邊把玩泡麵的杯蓋，一邊這麼說。這時快煮壺的水燒開了。

把熱水加到容器內側的水位線高度。

用料理計時器計時三分鐘。

兩個人一起吃拉麵。

無論是一個人吃，還是兩個人一起吃，泡麵就是泡麵，味道不會改變。即使如此，我仍舊覺得比自己一個人吃來得好些。

「多謝招待。時間也不早了，我先回去了。」

把免洗筷放到泡麵杯上後，仙台同學站了起來。

「嗯。」

我跟她之間沒有共通的話題。

我們在班上所屬的小圈圈不同，興趣也不一樣。

既然無話可聊，那也只能默默吃飯。而泡麵這種東西很快就吃完了，所以在我還沒感受到我們真的一起吃了晚餐的情況下，仙台同學就要回家了。

「第四集買了之後記得借我看。」

我們為了拿仙台同學的制服外套和大衣而回到房間後，她看著書櫃這麼說。

「妳下次來應該就有得看了。」

「那應該是下星期吧。」

我不會再來了。

想想我今天要她做的事，就算她這樣說我也無可奈何，但她似乎沒打算要結束這段關係。

仙台同學真是個怪人。

她不像是因為想要錢才聽從我的命令，所以我不清楚她到底在想些什麼。換成是我，絕對不會想舔其他人的腳，也不會想再到會下這種命令的人房裡來。

「我送妳。」

我穿上大衣，一如往常地和她一起走出玄關。然後搭電梯到一樓，走到入口大廳。

「那下次見。」

仙台同學並未停下腳步，對我揮手。

「拜拜。」

我對著她遠去的背影說道。

二年級剩下的時間不多了。

這個冬天結束，春天到來，即使升上了三年級重新分班後，仙台同學還會願意讓我用五千圓收買她嗎？

我一邊思考在梅雨季特別早結束的七月開始的這段關係，未來將會何去何從，一邊搭上了電梯。

Profile

宮城志緒理

・身高：157cm

・生日：9月25日

memo

不太提起自己的事，只與少數朋友往來的女高中生。雖然不至於落到校內權力階層中的最底層，但在二軍中仍屬地位較低的那群。單親家庭的獨生女，父親總是以工作優先，很少回家。不常找朋友來家裡玩，會來的幾乎只有仙台。其實內心很怕寂寞。

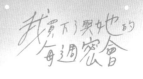

第2話　宮城今天也給了我五千圓

在梅雨季特別早結束的七月——

高二的夏天也跟去年一樣，書店裡陳列著許多以一身夏季打扮的偶像或模特兒為封面的書籍雜誌。

我從那當中拿起了一本封面上亂糟糟地放滿閃亮文字的雜誌。

羽美奈說的是這本嗎？

之所以沒把握，是因為我話只聽了一半。

我「唉～」地大嘆了一口氣之後，凝視著手上的雜誌。

如何運用少數單品做重複穿搭這先姑且不論，上面還有一些例如會受異性歡迎的服裝、提升自我價值這種感覺很浮泛的標語。

不管怎麼看都不合我的喜好。

雖然才剛進入七月，離暑假還早，不過我想買一些新衣服在暑假期間穿。但也不是買什麼衣服都好。

明年的暑假跟現在高二的暑假不一樣，一定得忙著準備大考。感覺只剩下今年可以好好享受夏天了，可是這本雜誌裡介紹的衣服似乎無法幫助我提升暑假的愉快心情。

我穿制服不是很遵守校規，但還在不會被老師罵的程度。而羽美奈總是誇張到會被老師罵，看來我們的喜好原本就有落差。

「就算說這樣穿會受異性歡迎，也沒什麼意思啊。」

我開口評論封面上的一條標語。

比起能討好異性的衣服，我更想穿自己喜歡的衣服，提升自我價值什麼的，也不急於這一時吧。而且如果真的想看書，比起這種沒內容的流行雜誌，挑一本能靜下來好好看的書比較實在。

不過吸收這類雜誌的資訊，也是交朋友必須的手段之一，再說我的零用錢也是多到每個月都有剩。

想順利維持在學校裡的人際關係，不仔細動點腦筋可是不行的。以現在班上的風氣來看，得要討好茨木羽美奈。不對，這樣說可能太誇張了。應該說必須恰到好處地搭上她的話題，這樣比較貼切吧。

羽美奈很高調，是個比起讀書，會把更多精力投入在玩樂上的朋友，位於校內權力階層中的最上層。她個性急躁又容易生氣，所以忤逆她會很麻煩，不過只要能順著她的毛摸，在學校裡就能擁有不錯的地位，過著快樂的學校生活。

也有人會說我八面玲瓏，只會討好別人，不過隨他們去說。會說這種話的人都只是在嫉妒我吧。

我想說既然都來了，就在書店裡晃了一圈。然後拿了一本小說放在雜誌上，走向收銀台。雖然不到要排隊的程度，不過我還是依序等了一下，才把書放在收銀台上。

收銀機上顯示出金額，我找起放在書包裡的錢包。

「咦？」

錢包、錢包。

應該在裡面的錢包不見了。

我記得我早上有把手機放進書包，它也確實在裡面。

那錢包呢？

我又仔細找了一遍，還是沒看到錢包的蹤影。

可能是忘在學校了。

不，應該是根本就沒帶出門。

我不記得自己有把它放進書包裡。

我瞥了收銀姊姊一眼，她一臉狐疑地看著我。

糟糕，我得快點。

「啊～呃……」

雖然很丟臉，但我只能把書還給她。

「這些書——」

「我付。」

「咦？」

在我說出「因為我忘了帶錢包，所以不買了」之前，從後面伸出的手將一張五千圓紙鈔放在了收銀用的托盤上。

「仙台同學，這妳先拿去用吧。」

我回頭，看到一個穿著跟我同樣制服的女生站在那兒。

況且不是不認識的同校學生，而是儘管沒說過話，卻每天都會碰面的人。

「……妳是宮城，對吧？」

我應該沒叫錯。

我有記住班上所有同學的姓氏。

名字我實在沒辦法全都記住就是了。

「拿那張鈔票去付吧。」

她沒說我有沒有叫錯，只說了她拿出這五千圓的理由。

「沒關係啦，這樣對妳很不好意思。」

「不用介意。」

不，我當然介意啊。

我不想跟沒那麼熟的同學借錢。再說我原本就討厭跟人有金錢上的借貸關係，更不想只是為了買應付人際關係用的雜誌就跟人借錢。

「不，這還妳。」

我從托盤上拿起五千圓，交給宮城。接著這五千圓又再次回到了托盤上。

「請問您是要用這筆錢付款嗎？」

收銀姊姊一臉困擾地看著我。

「是的，麻煩妳了。」

開口回答的人不是我。而是宮城。

可是不想借的錢，我就是不想借。

我又伸手想拿走那五千圓。然而收銀姊姊在我拿走之前，就把那張五千圓收進收銀機裡了。

結果我手裡多了雜誌和小說，以及三張千圓鈔和幾枚零錢。

「宮城，謝謝妳。我好像忘了帶錢包，幸好有妳幫忙。」

我在與收銀台有些距離的地方向她道了謝。

雖然她無視我不想跟人借錢的意願，但我畢竟向她借了錢，所以儘管這樣做非我本意，我還是覺得該跟她道個謝。可是她什麼都沒說。不過她沒開口糾正我，所以我可以確定自己沒叫錯她的姓。

「這是找回來的錢。用掉的部分我明天到學校再還妳。」

我本想把在收銀台找回的錢還給宮城，她卻不收。

「不用還我沒關係。找回來的錢也給妳。」

她說完之後就轉身背對我，往前走去。

「咦？等等，這樣我很困擾耶。」

「我真的不需要，仙台同學妳就收下吧。」

「我不能收啊，還給妳。」

「那妳丟掉吧。」

「妳說丟掉，這可是錢耶？」

我快步向前，一把抓住宮城的肩膀。

我在學校沒有跟她說過話，所以不知道，但看來宮城的腦袋有那麼一點點異於常人。一般人根本不會有丟掉錢的念頭。真要說起來，只有公司的高階主管會說「不用找錢了」這種話，女高中生才不會這樣講。

而且她說要把這些找回來的錢給我，認為我是那種會說「那就多謝妳的好意了」並收下的人，這點讓我很不爽。

「啊～不然這樣吧，這些錢我收下，就當作我跟妳借了五千圓，明天一起還妳吧。」

我其實很想發脾氣，不過我忍了下來。

要是宮城在學校大肆宣揚「仙台同學對我發脾氣」這種事，有損我的形象。

「無所謂，不用還我。」

宮城甩開我抓住她肩膀的手，又繼續往前走。

我們穿過自動門，來到外面。

我追在她身後，出聲對她說。

「我會還妳。包含找錢在內的五千圓，我會在學校還妳。」

「……不然妳替我做事，來抵這五千圓好了。」

在要還錢跟不用還這一來一往的爭論中，話題突然轉向了意想不到的方向，讓我反射性地停下腳步。

「咦？做事？」

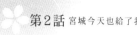

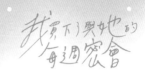

「總之妳先來我家。」

原本逕自往前走的宮城也停下腳步看著我。

「啥？去妳家是什麼意思？我都說錢我明天會還妳了。」

「妳不來的話，錢就給妳，妳收下吧。」

宮城一個轉身背對我。

什麼跟什麼啊？

這個人到底搞什麼？

別說腦袋有那麼一點點異於常人了，根本就有問題吧。

超奇怪的。

我在心中詛咒宮城。

我不打算收下她的五千圓，但也不想替她做事。可是如果我不替宮城做事，她就會逕自返家。而且以後八成也不會收下我還她的五千圓。即使我把五千圓放在她的抽屜裡，她也一定會退回給我。

她還真難搞耶。

我一邊嘆氣，一邊仰望天空，進入書店前還沒看到的層層烏雲，已經遮住了大片藍天。

畢竟梅雨季剛過，我也沒帶傘，於是我又嘆了一口氣。這時宮城開口了。

「我家有傘喔。」

「啊～真是的。妳家在哪裡？在附近嗎？」

不然我今天就幫宮城做事好了。

畢竟我不希望學校傳出我從宮城那裡收了五千圓的流言，更不希望傳出我大罵宮城後硬是塞錢給她的八卦。

「不遠，跟我來。」

宮城低聲說完後邁步前進。

我不情不願地跟在宮城身後。

我們走著、走著、走著……

明明有兩個人，卻默默地走著。

我不擅長面對沉默。

如果有兩個人，我會想要和對方聊點什麼，也會擔心對方沉默不語是不是因為我惹對方不高興了。雖然宮城就算不高興我也不在乎，但我是會在意自己是哪裡惹人不高興了的那種人，所以我希望她能說點話，可是她始終保持沉默，沒有開口。

說點話啊妳。

即使我暗自發送意念給她，宮城還是不說話，於是我們從離開書店後就一直默默地走著。

早知道回家就好了。

真不該想說就去宮城家一趟的。

在陰暗的天空下，我為自己的一時輕率感到懊悔，同時默默地走著，最後來到了一棟看起來就很昂貴的住宅大樓。

難怪她可以輕鬆掏出五千圓。

這棟高級到讓我不禁這樣想的大樓其實離我家不遠，走路大概十五到二十分鐘吧。我沒想到有班上同學就住在離我家這麼近的地方。

不過仔細想想，這也是理所當然的。畢竟宮城是在書店和我巧遇，又打算直接走回家，那她家當然不會離我家太遠。

「我家在這棟六樓。」

宮城一邊走進電梯一邊說。

「是喔？」

我沒有告訴她我家離這裡不遠。

我想這不是什麼需要特地告訴她的事情，我也沒打算要和宮城交好，就算說了也沒有意義吧。

我看著電梯的面板，數字依序變為四、五之後，在六停了下來。我跟在宮城後頭。她打開走廊最邊角那一戶的大門進屋後，帶我來到她的房間。

「妳隨便坐，我去拿點東西來。」

我對著剛進房間，就打算出去招呼我的宮城說：「不用麻煩了。」但她還是逕自走了出去。

她的房間感覺跟我的差不多，或者是再大一點，以高中生的房間來講算大了。房間整理得乾淨整齊，裡面有一張偏大的床、小小的桌子、電視，牆邊則是誇張地塞滿了書的書櫃，以及書桌椅。

在我因為好奇她的書櫃上都放了些什麼書而靠過去時，宮城打開房門走了進來，然後將兩個裝有透明液體的玻璃杯放在小小的桌子上。

「原來妳有在看漫畫啊？」

我看著書背這樣問，宮城只平淡地回了我一句：「有啊。」接著突然又大聲地說了：「對喔。」

「不然就請妳讀漫畫吧。仙台同學，妳來這邊坐下。」

宮城說完這句話後走到我這邊來。看到我就算她這樣說了仍舊站在書櫃前，她便拍了拍我的肩膀，對我說：「去那邊。」

我一邊想著她不是說要我幫她做事嗎？一邊坐到桌前，喝下透明的液體，嘴裡傳來一股氣泡往上衝的感覺。知道這甜膩的液體是汽水後，我放下了玻璃杯。

我不太喜歡碳酸飲料。

當我想著像這種時候，平常跟我玩在一起的朋友才不會端汽水出來的時候，宮城已經坐到了我對面。

「妳讀一下這個。」

她遞給我一本漫畫，封面上畫了看起來很自戀的男孩跟內向軟弱的女孩。我隨手翻了幾頁，內容看起來是戀愛漫畫。

光是讀這個就可以獲得五千圓？

我無法理解宮城在想什麼。

不過既然她都要我讀了，我便乖乖地翻開書頁，這時宮城一臉無趣地開口了。

「不是這樣。我是要妳讀出聲音來。」

「讀出台詞嗎？」

「旁白跟內心獨白也要。」

「把漫畫上所有文字都朗讀出來的意思？」

「沒錯，這就是我付妳五千圓要妳做的事……或者說是我下給妳的命令。」

「不是要我幫妳做事，而是妳要命令我？」

「嗯。」

我不知道從什麼時候開始，幫她做事被改成了要遵從她的命令，不過我想就算追問她也沒用吧。宮城根本沒想太多。她一定只是順著當下的狀況還是心情什麼的，隨便做出決定。

「不管是幫妳做事也好，接受命令也罷，只是把漫畫內容朗讀出來這麼簡單的事情，就要給我五千圓？」

我想快點回家，便順著她的話說下去。

「沒錯，不過妳要全部讀完，讀到最後一頁。」

「OK～」

只要把漫畫內容朗讀出來就好的話，那不過是小事一樁。

我隨意回應，出聲朗讀出諸如「我愛妳」啦、「我只要妳」之類的肉麻台詞。如果要我朗讀完一整本小說，我可能會覺得很累人，但因為漫畫字數不多，所以可以很順暢地讀下去。不過我馬上為自己隨便答應她而後悔了。

「……這本漫畫是不是有點色啊？」

我放下朗讀工作，先翻到後面確認了劇情，結果不管我怎麼翻，書中的登場人物幾乎都沒穿衣服。

這本漫畫根本有一半是床戲嘛。

台詞也都是些喘息聲或是類似的玩意兒嘛。

內容本身也很煽情，宮城竟然要我朗讀這種東西，她腦袋是有什麼問題啊？

我不是討厭情色內容，可是也不會想朗讀出來。應該說，幾乎沒人會想把這種內容朗讀出來吧。雖然得知像宮城這樣不起眼的女生也會看這種漫畫，讓我有種未曾有過的驚奇感，可是我更後悔自己居然答應她要朗讀這本漫畫。

「很色啊。」

宮城乾脆地回答。

「後面的內容我也都要朗讀出來？」

「全部朗讀出來。」

「妳的興趣該不會是聽人說色色的話吧？」

「我沒這種興趣，不過我也想不到其他能命令妳做的事了。」

「妳也沒必要命令我吧？只要從我手裡收下找回的錢，明天再收下我還妳的書錢，不就解決了？」

我不知道宮城為什麼不肯收下那些錢，但她這人也太麻煩了。頑固又難搞。

「五千圓不重要，我也沒有希望妳還我。快點讀。」

宮城似乎真的覺得那筆錢無所謂，只管催促我。

雖然我沒義務要陪她做這種無聊的事情，卻也不想沒來由地從她手中獲得五千圓。而且我已經答應她要做價值五千圓的事來償還這筆錢了，所以我得做完這件事才行。

沒錯，我自己也是個麻煩的人。

「——我明白了。」

像什麼「再多一點」、「要去了」之類的。

還有什麼啊啊嗯嗯的，這樣那樣的。

這堆沒完沒了，根本不想說出口的台詞令我頭暈目眩。

我到底在幹嘛啊？

在這個只是同班，至今連一次都沒講過話的宮城面前，我到底被迫朗讀了些什麼啊？

宮城一定是個笨蛋。

毫無疑問，是個變態的笨蛋。

我記得她的成績——

她的成績怎麼樣啊？

我並不了解宮城。

「仙台同學，太小聲了。」

我的意識飄到了漫畫以外的地方，被她指責了。

「這不是可以大聲讀出來的內容吧？」

「今天家裡沒其他人在，妳再大聲都沒關係。」

就算妳沒關係，我也有關係好嗎？

今天真是糟透了。

有夠倒楣。

錢包忘在家裡，還被迫朗讀色情漫畫。

我儘管心中抱怨連連，還是確實地把所有包含嬌喘在內的台詞都讀了出來，用一點都不想喝的碳酸飲料潤喉。

「與其說妳意外地讀得很爛，不如說語氣很死板耶。我還以為妳玩這麼大，應該很擅長這種的說。」

宮城逼人讀完一整本色情漫畫後，還若無其事地說出了更過分的話。

「我基本上是走清純路線的，也沒在玩，請修正妳的認知。」

我糾正宮城的失禮發言。

「但妳是因為男生喜歡那一型的女生，才會那樣做吧。」

「才不是。」

我在學校之所以會走清純路線，並不是因為男生喜歡，而是算準了老師對清純的學生會比較睜一隻眼閉一隻眼。

「大家都說妳看起來清純，背地裡其實玩很大耶。」

「原來大家對我有這種印象啊。」

我不知道原來宮城所在的小圈圈認為我玩很大。

應該說居然有這樣的八卦在傳嗎？

我覺得知道了一件令人不開心的消息。

「所以妳的命令就這樣嗎？」

總之先把那個不光彩的八卦拋到一邊去，我問宮城。

「這樣就好了。」

「接下來我該做什麼？」

「妳可以回家，也可以留下來，隨妳高興。」

「那我要回家了。還有，我可以跟妳借這套漫畫後面的集數嗎？還滿有趣的。」

既然書背上面標示著「一」，那應該有「二」吧？我沒有朗讀漫畫內容的癖好，但倒是滿在意這故事的後續發展。然而宮城卻用毫無情感的聲音，說出了違背我期待的話。

「不行。」

「哇，妳很小氣耶。借本漫畫給我看又不會怎樣。」

「……五千圓。」

「什麼？光是借一本漫畫就要跟我收五千圓？我自己去買還便宜得多了吧。」

「不是，是我會給妳五千圓。」

「哈啊？」

她出乎意料的話害我不小心發出了愚蠢的怪聲。

「我是說我每次會付五千圓，買下仙台同學妳放學後的時間。所以後面的集數妳只要在來我家的時候看就好了。」

「不是，我沒有要賣給妳啊。應該說，妳買我是想幹嘛？上床？那樣只付五千圓未免太少了吧？還有我對女生沒興趣喔。」

竟然想用五千圓買下同班同學，太扯了吧。

雖然這次宮城對我下達的是把色情漫畫朗讀出來這種莫名其妙的命令，但她今後要是真的打算也付五千圓來買下我放學後的時間，下次就未必是這種命令了。我覺得就算她說她其實是覬覦我的身體，那也沒什麼好奇怪的。

「仙台同學妳才是，想到哪裡去了？我沒打算要跟妳做那種事喔。」

「那妳是想怎樣？妳想用五千圓叫我幹嘛？」

「每個星期一到兩次，放學後來我家，聽從我的命令。就像今天這樣。」

宮城不苟言笑地看著我。

「妳又打算叫我朗讀色情漫畫？」

「我有可能下達跟今天一樣的命令，也有可能叫妳幫我寫作業之類的。」

「那是怎樣？啊，是要我當打雜小妹？」

雖然她如果是要我用五千圓賣身，我會很傷腦筋，可是花五千圓要我幫她寫作業感覺也是有什麼毛病。

「不是打雜。我不就說我會命令妳，然後妳要遵從嗎？」

「問題在於命令的內容吧。妳要是打我，我也不知道該怎麼辦才好，我也拒絕跟妳上床。」

我真的不懂宮城的腦袋裡都在想些什麼，無法預測她會說出什麼樣的命令，所以還是事先聲明一下我不賣身。

「我也不喜歡使用暴力。而且我剛剛就說了，我沒打算要跟仙台同學妳發展成那種會上床的關係。」

「如果我拒絕了，妳會去買其他人嗎？」

「不會。要是我跑去跟別人說『我會付五千圓，你要聽我的命令』這種話，一定會被當

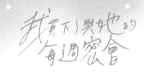

成怪人吧。」

不不不，現在這狀況就已經夠奇怪了。

我甚至已經把「宮城有病」這個情報輸入到腦海裡了。

不過我也不是對此毫無興趣。感覺比起我為了配合學校小圈圈裡其他人的話題，特地去買些一點都不想看的雜誌來看，或是討她們開心，答應宮城會發生一些更有趣的事。

「對我就可以喔？」

「不是說對妳就可以，只是順水推舟，就變成這樣了。」

「……唉，算了。我就一次收妳五千圓，聽妳的命令，當作打發時間吧。假日我沒辦法配合就是了，平日放學後的話可以。」

如果妳只是順水推舟，那我就跟著順勢而為吧。

我是不想再朗讀色情漫畫了，不過命令遊戲的極限大概也就是這樣，稍微陪她玩玩也無傷大雅。

我對宮城這個人有點好奇。

我想知道這個怪人會命令我做些什麼。而且如果我真的不想做，只要把五千圓還給她就好了。

——雖然我覺得她不會收下。

「那就這樣。還有，畢竟我在學校裡不會找妳說話，我們就用手機聯絡吧？」

宮城以平淡的聲音說道。

「好啊。」

儘管我覺得自己之後可能又會後悔，卻還是輕易地答應了宮城的提議。然後在交換聯絡方式之後，離開了她的房間。

外頭沒有下雨。

宮城很老實地送我到一樓大樓入口處，說了聲：「下次見。」之後，轉身回家。

我仰望著原本陰暗的天空，雲層不知何時已然消散。

◇◇◇

我輕輕嘆了口氣，放棄回溯七月記憶的行為。

那個夏天在書店發現自己忘記帶錢包的我，在短暫的寒假結束，舉辦了開學典禮的今天，依然在宮城的房間裡。

因為她叫我來。

簡單來說，就是我們那天訂下的契約還沒結束。

我躺在床上翻看漫畫。

而宮城還沒開始她一貫的命令遊戲。

我進入房間，收下五千圓。

接下來會有一段像是自由時間的空檔，宮城不會對我下命令。我一開始很不習慣這段什麼都沒有的空白時間，可是自從我在書店遇見宮城之後，她每週都會像這樣把我叫來個一到兩次，所以這段空檔現在成了一段我過得比在學校時還要放鬆的時間。

排放在書架上的書我大致上都看過了，我已經熟悉這個空間到了會拿著喜歡的漫畫躺在床上的程度。

「仙台同學，妳寒假都在幹嘛？」

背靠著床坐在地板上的宮城用不帶感情的聲音問道。

「念書。」

我沒說謊。

為了準備大考，我參加了升學補習班的寒訓班。念書的空檔還要跟羽美奈她們碰面，一起去新年參拜或是陪她們去逛街，所以我這個寒假過得還挺忙碌的。

「宮城妳有念書嗎？」

她的成績是不算差，不過也好不到哪裡去，常常會把不擅長科目的作業塞給我寫。

「沒有。」

「妳寒假作業都寫了嗎？」

「寫是寫了，但我其實很想拜託妳。」

「畢竟照契約規定，放假期間妳不能叫我過來嘛。」

我們只會在放學後相見，沒有上學的日子就不會碰面。

一開始就是這樣說好的。

「我知道。」

宮城顯得很遺憾地嘆了口氣後開始看起漫畫，我們的對話到這裡就斷了。

我跟她之間沒有共通話題。

我雖然曾經試著提過學校、影劇、雜誌內容等話題，可是宮城不知道是不是對這些話題都沒興趣，有些厭煩地隨口應了我幾句而已，根本聊不起來。所以我放棄好好跟她聊天了。要找到讓宮城打開話匣子的方法，應該跟大海撈針一樣困難。

跟她聊天一旦出現句點，就算勉強想找話題接下去也沒用。我在這幾個月之間，學會了一旦話題中斷，就這樣任它斷掉，直接結束對話即可這件事。

在靜下來的房內，我起身脫掉制服外套，丟到床下。宮城可能很怕冷吧，這房間裡面總是很熱。我鬆開領帶，把來這裡之前就已經解開了一顆的襯衫鈕子又解開了一顆。

正當我打算再躺回床上看漫畫時，宮城說話了。

「過來這邊。」

「命令嗎？」

「嗯，坐在這裡。」

宮城起身，指了指她原本坐著的位置。

接下來會發生什麼事呢？

不用說我也知道。但是我下床坐在地板上之後刻意問她。

「我該怎麼做？」

「脫掉。」

坐在床上的宮城淡淡地說。

她的話一如我預料，她的腳放到了我的大腿上。

去年十二月，她下達了一個比以往更超過的命令，我因此第一次舔了宮城的腳。而今天我似乎又要舔她的腳了。

眼前擺著一條不到黝黑，但也算不上白皙的健康小腿。我褪去襪子，觸碰那平常總是隱藏在襪子下的腳底。她的腳底有些濕潤，但摸起來的手感還不錯。我溫柔地撫過足弓，再讓手指滑到腳拇趾的趾根處，眼前的腳抽動了一下。

「舔它。」

宮城可能不喜歡我這樣摸她的腳底吧，她用低沉的語氣說道。

「知道了。」

我簡短地回答，把手放在她的腳跟上。

輕輕吸氣，吐出。

指尖稍稍用力，確認腳跟的觸感。

將臉湊近，舌頭貼在略微冰冷的腳背上，緩緩滑過。

我不知道宮城在想些什麼，不過居然要我舔她的腳，她還真是從相當小眾的項目開始著手呢。以宮城平常在學校的形象來看，根本無法想像她會要我朗讀色情漫畫，甚至進化到叫我舔她的腳。

樸素又不起眼，我甚至只記得她的姓氏。如果沒有發生我在書店忘記帶錢包的事件，我們可能一輩子都不會說上話。

而我現在正在舔這個女孩子的腳。

柔軟又滑順。

然而並不美味。

畢竟我舔著的不是糖果，而是人的腳，這也是理所當然的。說是這樣說，但我也不排斥這行為。

我將舌頭抵在趾根處，朝著腳踝往上舔。

慢慢地花時間來完成這個動作。

原本乾燥的腳背逐漸變得濕潤起來。

我在腳踝下面一點的位置收起舌頭，抬頭看向宮城。

她的臉微微泛紅。

上次也是這樣。

說她一副很舒服的樣子也不為過。

她臉上就帶著那樣的表情。

「不要看我，繼續啊。」

不悅的聲音落下。

宮城沒發現自己臉上現在是什麼表情。

「仙台同學，繼續舔。」

我沒有回答，用牙齒咬著宮城的腳尖。

用力地，用會留下齒痕的力道咬了下去。

宮城抵抗似的動了動腳，抓住了我的頭。

「會痛。我之前就說了，別做命令以外的事情。」

我乖乖地鬆開她的腳趾後，便聽到她「呼」地輕輕呼出一口氣。

她第一次命令我舔她腳的那天，我會咬她的腳趾是出於反抗。

遵從命令這件事情本身我是不抗拒。即使如此，要我舔她的腳這命令感覺很瞧不起人，讓我有點不高興，所以我才咬她。

但是現在不同了。

我是因為想看宮城的反應才咬她的。

我伸出舌頭觸碰我剛剛才咬過的腳尖，舔舐並緩緩地濡濕她的腳趾。

我的唇輕輕觸上她的腳背，像是在親吻似的反覆觸碰又離開後，宮城拉了拉我的頭髮，逼得我抬起頭來。

「仙台同學，不要這樣，感覺很噁心。」

她的眼神雖然很尖銳，拉著我頭髮的動作倒是不至於弄痛我。

「是嗎？感覺妳還滿享受的耶？」

「才沒有，噁心。」

她鬆開抓著我頭髮的手。

宮城雖然皺著眉頭，臉頰上仍帶著些許紅暈。

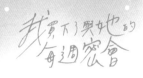

我不討厭她的長相。

她長得沒有特別可愛，不過還算是可愛的那一型吧。如果上點妝感覺會變得更可愛，不過她大概是對化妝沒興趣，所以沒在上妝。我是覺得有點可惜，但也沒必要特地跟她說這種事。

我親吻宮城的腳。

宮城的呼吸沒有變得急促，所以她可能是因為房間太熱才會臉頰泛紅。就算是這樣，宮城還是讓我看到了有別於平時的一面，讓我開始覺得舔她的腳好像也不算什麼了。

「妳認真舔。」

她輕輕踢了我的肩膀。

「使用暴力可是違反契約的喔。」

「這又算不上暴力。」

宮城又輕輕踢了我一下，並用腳抵著我被踢了也不痛的肩膀，再說了一次：「認真舔。」我默默地用舌尖碰觸她的腳背。

只要我想，我隨時可以違抗她。

她可能以為是她可以命令我，要我聽令於她，然而實際上只是我縱容她可以對我下令罷了。

我隨時都可以毀約，離開這裡。不過因為這房間待起來很舒服，我才願意留在這裡。

我的舌頭滑過她有些冰涼的腳背。

用嘴唇輕觸那被我濡濕的腳背。

宮城的腳微微一顫。

我想就算升上了三年級，重新分班之後，宮城還是會付五千圓叫我來她家。而我也會收下那筆錢。

我並不是想要那五千圓。

我只是想要再觀察深信自己能夠命令我、讓我聽話的宮城一段時間看看，所以打算在高中畢業前的這段時間裡，繼續配合宮城玩這無聊的遊戲。

反正我們八成不會上同一所大學，也就只有現在了。

一想到這是有期限的，那現在的關係倒也不壞。

我將嘴唇離開她的腳背，輕輕呼了口氣……

然後咬了宮城的腳一口。

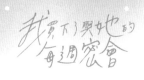

第3話　仙台同學很甜什麼的全是謊言

我不特別喜歡，也不討厭學校。

因為不管怎樣都得去，所以是喜歡還是討厭根本沒有意義。今天也一樣，儘管沒那個心情，我仍在被無聊事擾亂了情緒的狀況下，來到了學校。

瀏海剪太短了。

我在洗手間的鏡子前面嘆氣。

稍微蓋過肩膀長度的頭髮還不需要去剪，可是瀏海很煩，所以我想說自己拿剪刀修一下就好，卻不小心剪多了。就算去拉扯剪太短的頭髮，頭髮也不可能恢復原狀。不管怎麼做都於事無補，我只能認命接受這個瀏海了。

可是我每次看到剪太短的瀏海，心情就很鬱悶。這種時候該做的只有一件事。我回到教室。

『今天來我家。』

我用手機傳出訊息。

輸入的內容總是一樣。

我傳訊息的時間可能是第二堂課結束後的下課時間，或是午休。也有可能會在放學後才發。不過無論是什麼時候，這則訊息都只會傳給仙台同學。

那是從去年七月開始約莫過了半年多左右，到了現在仍舊不變的事情。

仙台同學有時候會馬上回覆，也有隔了一段時間才回覆的時候，但是她從沒拒絕過我。不過她曾經回覆過我，說她有約在先，所以會晚一點到。今天似乎就是那個另外有約的日子，仙台同學回給我的訊息裡寫著『我已經有約了，會晚一點，可以嗎？』這樣的內容。

我送出碰到這種情況時固定會回覆的內容給她，開始上課。

『我在家等妳。』

先跟她有約的，一定是茨木同學。

我從窗邊的座位瞥了一眼坐在靠走廊那一側的茨木同學。

她是個高調的嗨咖，是班上的中心人物。平常總是愛講些某某某很帥啊，或是某某某很可愛之類的話。因為聽起來都是些我沒興趣的話題，我只覺得她跟我是不同世界的人。而且她會因為一些莫名其妙的理由生氣，我所在的小圈圈都覺得不要隨便接近她比較好。

仙台同學跟這種人相處，不覺得累嗎？

我一邊聽著老師講課的聲音，一邊看著最前面的座位。

映入眼簾的是紮成公主頭的長髮，紮得很漂亮。

她在我房間裡雖然很沒規矩，但在學校不一樣，個性溫柔又懂得體恤他人，還很擅長念書，總是笑咪咪的，從未表現出不悅的神色。或許是因為這樣吧，仙台同學明明屬於班上的高調小圈圈，卻沒有人說討厭她。

不過倒是有人會在私底下說她八面玲瓏，只會討好其他人。

我是不確定看起來正在認真聽課的仙台同學本人知不知道這件事。

我拉了拉剪得太短了點的瀏海。

一堂課不過就五十分鐘，我卻覺得格外漫長。老師的聲音就像和尚念經那樣，引人入睡。

我在腦袋一片混沌的情況下上了兩堂課之後回家。

就算我一邊打開家門，一邊說：「我回來了。」也沒有人會回應我。畢竟家裡沒有其他人在，這也是理所當然的。

我走進房間，沒換下制服就往床上一倒。我沒有急著從學校趕回來，門鈴卻遲遲不響。

我打起瞌睡。

就在我任憑襲來的睡魔擺布時，手機的訊息提示聲音叫醒了我。我邊揉眼睛邊看向手機螢幕，只見上面顯示著一段簡短的文字。

『我現在過去。』

在那之後又過了三十分鐘。

讓我一直等待的她終於出現在房間裡。

「對不起，我來晚了。」

收下五千圓的仙台同學脫掉大衣與制服外套，在桌前坐下。

「沒關係，反正只是妳會晚回家而已。」

我知道她會回答什麼。

我把汽水放在仙台同學面前，坐在她對面，倚靠著床鋪。

「無所謂。」

因為我家對小孩採取放任主義。

如同我聽過好幾次的這句話所示，仙台同學今天也不在意回家的時間。她就算晚歸也不會被家人叨唸，或許是因為她的家人相當信任她吧。

「我說宮城，妳知道今天是什麼日子嗎？」

仙台同學突然這樣說並打開書包。

「——餓一食之日。」

二、一、四，餓、一、食。

二跟一是還好，但硬把四改成食好像有點凹太大。不過所謂的諧音就是這麼回事吧。就算有點硬凹，只要堅持二月十四日是餓一食之日，我想大多數的人都會認同，如果是全國節食協會制訂的紀念日，那就更沒話說了。

不過仙台同學似乎是不能接受的那一型。

她皺起眉頭，不悅地說道。

「我不想聽這種不受歡迎的男生才會說的答案，妳認真點。」

「是情人節對吧？」

儘管大家都沉醉在過節的氣氛中，我倒是覺得這天很無聊。跟昨天也沒什麼差別。

「答對了。我跟羽美奈她們說好要交換友情巧克力，才會這麼晚來。是說我也帶了妳的份來。」

「咦？」

「我昨天做了要給羽美奈她們的份，就順便連妳的一起做了。」

仙台同學一派輕鬆地這麼說，把仔細包裝過的盒子放在桌上。花朵圖案的包裝紙配上粉紅色的緞帶。

裡面放著她親手做的巧克力。

這一切的女子力都太高了，讓我背上一陣癢。

「妳不要嗎？」

看我一直盯著盒子卻不伸手拿，仙台同學露出狐疑的表情。

「我沒有可以回送給妳的巧克力。」

「妳都不送朋友的嗎？」

「我沒這個習慣。」

我是有因為想送給喜歡的對象，所以做了情人節巧克力的朋友。我也有送過生日禮物給朋友。可是我沒有會因為今天是耶誕節或萬聖節這種每當有什麼節日，就興奮地順著節日的氣氛互相送禮物的朋友。

朋友之間互相交換巧克力這種習慣，對我來說簡直是異國文化。

「這樣啊。沒差，反正我也不是要跟妳交換巧克力，所以沒有巧克力可以給我也無所謂。妳就收下它吧。妳要是不收，那我就帶回家。」

「妳打算怎麼辦？」仙台同學帶著燦爛的笑容問我。

「……我要吃。」

「請用。」

我拿起桌上那個太過可愛的盒子，解開緞帶。避免撕破而小心翼翼地拆開包裝紙，打開盒子。

白色、咖啡色、粉紅色。

比市售商品略小一點的六個松露巧克力躺在盒子裡。

「這是仙台同學做的？」

「我剛才不就說是我做的嗎？我還做成了方便一口吃下去的大小喔。」

仙台同學難得一臉得意地說道。

這些松露巧克力的確都做成了可以一口吃下去的大小。看起來就像是外面店家販賣的巧克力，在不諳廚藝的我看來，她說這是親手做的簡直就像在說謊。

神真是不公平。

仙台同學長得漂亮、會念書，又會下廚。同樣是人類，她所擁有的許多事物我都沒有。

太狡猾了吧。

我忍不住瞪了一眼巧克力，這時仙台同學說了。

「我覺得應該做得還滿好吃的啦。」

她的話讓我把手伸向松露巧克力。

可是我馬上收回了手。

「妳拿給我吃。」

「這是命令？」

「對，命令。」

不知道仙台同學最近是不是已經習慣被我命令了，她變得很愛惡作劇。在那之後我又命令她舔過我的腳好幾次，但她一定會做命令以外的事。

像是啃咬、親吻之類的。

我並不希望她做那些事。

該遵從命令的是仙台同學，會覺得痛、產生奇怪感覺的人也應該要是她。

所以我今天也要對她做一樣的事。

「過來這邊。」

我背靠著床鋪叫仙台同學過來，她很老實地來到我身旁坐下。

「妳想先吃哪一個？」

「白色的。」

我指了指撒滿細砂糖的松露巧克力。

「好。」

仙台同學用食指和拇指拿起白色松露巧克力。

猶如小雪球般的團塊立刻靠近，抵著我的嘴唇。我張大了嘴，打算連同仙台同學纖細漂亮的手指一起咬下去時，舌尖碰到巧克力，細砂糖的甜味害我一時分了心。差點忘記原本目的的我咬住松露巧克力，並一把抓住仙台同學的手腕。

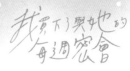

「妳不吃嗎？」

仙台同學這問話只是做做樣子，她無視我的意願，將松露巧克力塞進我嘴裡。我放開她的手腕，細砂糖的甜味在口腔裡擴散開來。

還有五顆巧克力。

我決定先不去想要對她的手指惡作劇的事，專心咀嚼巧克力。

好吃。

雖然很甜，卻不是會一直殘留在嘴裡的甜膩感。如果是這種會在舌頭上滑順地融化的松露巧克力，感覺要我吃多少個都沒問題。

「妳的嘴唇變白了。」

仙台同學笑了笑，伸手過來。

她細長的手指抹過我的唇，我拍開了她的手。

「太甜了嗎？」

仙台同學沒抱怨我粗魯地要她的手指離開我唇上的行為，只問了我對味道的意見，這讓我更是煩躁。

眼前的仙台同學，是我在學校看到的仙台同學。

她在教室裡總是笑咪咪的，我從沒看過她生氣的樣子。即使不是在學校。而是在這個房間裡，仙台同學也跟我劃清了界線，表現得好像只有她自己身處在不同世界一樣，這讓我很想拉下她，拉到跟我一樣的位置。

「這裡不是學校。」

我把電暖器的溫度往上調高了一度，喝下汽水。

「什麼意思？」

「妳在裝好人。」

「我才沒有裝，我就是好人啊。」

仙台同學毫不害臊地如此斷言，露出笑容。

「妳在這裡才不是好人吧。我認為所謂的好人，是像這顆巧克力一樣甜美的人。」

「那我是好人啊。我不但甜美又體貼，還帶了友情巧克力來給妳喔？」

「什麼友情巧克力，真要說起來，我們——」

我說不出「根本就不是朋友」這句話。

我想一定是因為這不是需要特地說出口的事。我們是不是朋友並不重要，友情巧克力也無法證明彼此的友情。

沒錯，這些事全都不重要。

「我們怎樣？後半句話呢？」

「再給我一個。」

我試圖轉移話題地說完後，仙台同學也沒繼續追究，拿起粉紅色的松露巧克力。

「這個可以嗎？」

「可以。」

我看著她的手指。

塗了透明指甲油的指甲不長也不短。有經過修整保養，非常漂亮。不過比起手指，我更在意她的腳趾。

我第一次命令她舔我腳的那一天，她咬了我的腳趾。

她的牙齒深深地咬進了我的肉裡，還一直咬到我嚴正命令她住手才停下來。

不僅如此，她還順著齒痕舔了我的腳趾。

很痛，還有種渾身發毛的感覺。

明明很噁心，我卻不如自己所想像的那麼厭惡。其他日子也發生過類似的事，我仍有同樣的感覺。

仙台同學帶來了我並不想要的情感，我也想回敬她，讓她產生同樣的情感，可是我絕對不要像她那樣去舔別人的腳。所以我才想說換成是手的話，應該就可以。當然我也可以不要拐彎抹角地利用巧克力，直接命令她。但是那樣就太無趣了。

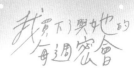

無法理解的情感，必須是突如其來的。

「請用。」

我在柔和的聲音引導之下張大嘴，連同仙台同學的手指一起咬下松露巧克力。我用根本不是吃巧克力的強勁力道咬下去之後，咬住的肉傳來的柔軟觸感，帶給我一股興奮感，就像是拿刀切進厚實的牛排裡那樣。

雖然我最近根本沒和爸爸一起去吃牛排就是了。

「宮城，這樣很痛。」

仙台同學出聲抗議。

但我沒鬆口，用可以感覺到骨頭的力道繼續咬著她。

「等一下，宮城，我都說會痛了。」

跟在學校聽到的聲音不同，更低沉強硬的聲音刺激著我的耳膜。

原本不熱的房間變得格外燥熱。一道聲音在我的腦海中迴盪，說想要感受更多、更多巧克力的甜味，還有骨頭的堅硬觸感。

我又在咬著她手指的牙齒上稍稍加重了力道。

牙齒嘎吱嘎吱地嵌進皮膚，仙台同學的手指微微顫抖。

「宮城！」

聽到這尖細的聲音，我鬆開了她的手指。然後悠哉地品嚐留在口中的巧克力。

「……妳這是在報復？」

仙台同學看著自己的手，靜靜說道。

她看起來不像是在生氣，但好像覺得很痛。

「誰知道呢？把手給我。」

等整塊松露巧克力融化入腹後，我開口催促她。仙台同學似乎察覺到接下來將會發生什麼事，露出有些厭惡的表情。可是她沒有違抗我的指示。儘管我沒有命令她，但她默默伸出來的手，仍直接落到了我的唇上。

我用舌尖觸碰她的手指。我緩緩舐過自己咬出的齒痕後，仙台同學拉了拉我剪太短的瀏海。

「妳剪了頭髮？」

雖然說剪太短了，也只是多剪了一點點而已。

我剪掉的長度沒有多到和我在學校根本沒交集的仙台同學會發現的程度。

我們兩個之間的距離，就像隔了一條恆河。

——我不記得恆河實際上有多寬，但能將兩側清楚地劃分開來。仙台同學明明離我這麼遠，卻注意到我只是多剪了一點點的瀏海，讓我內心一陣躁動。

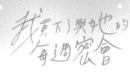

我打算用力咬住她的手指代替回答。可是在我採取行動前，她的手指已經直接塞進我口中，甚至深入到接近第二指節的位置。手指像是在我口中探索般地動著，指尖碰到我的口腔內側，讓我的背脊感到一陣酥麻。

無法控制的情感湧上心頭。

明明覺得噁心，卻不希望她停下動作的奇異情緒在我的心中不斷擴大。

討厭。

我軟軟地咬住在我口中動來動去的手指。在我用舌頭抵著並舔舐她的手指後，她強行抽出了手指。

「好吃嗎？」

我看著若無其事地問我話的仙台同學。

她是否也像被咬了腳趾的我一樣，覺得很痛，又有股渾身發毛的感覺呢？

我不知道。

仙台同學的臉上貼著一張笑臉，覆蓋、隱藏了名為感情的事物。

沒能獲得預期的反應，我平淡地回答。

「巧克力比較好吃。」

「我想也是。妳還要吃嗎？」

仙台同學依然帶著笑容說。

我討厭她一副不把剛剛發生的事情當成一回事的樣子。手指被人咬到會喊痛的程度。而且還被舔了，她不可能完全不覺得討厭吧。所以我要讓她沒那個餘力再裝出若無其事的樣子。

「我要那個。」

我指了指外面應該是覆上了一層可可粉的咖啡色松露巧克力。

「張開嘴。」

仙台同學這麼說，並依照我的要求拿起第三顆巧克力。

接下來將會發生的事。

她在心知肚明的情況下，將咖啡色團塊送進我口中。猶如照著操作手冊上的流程般，巧克力碰上我的唇，我也像是遵守著事先已經決定好的事項，連同仙台同學的手指一起咬下松露巧克力。

「宮城，會痛。」

仙台同學開口說道，簡直像手上有一本腳本要她講出這句台詞。不過她也只是說出這句話而已，話中沒有真的感覺到痛的情緒。

那是當然的。

因為我還沒咬得很用力。

我使力，想在犬齒接觸到的手指上留下痕跡。

一點一滴，嘎吱嘎吱地用力。

我的牙齒埋進仙台同學的指尖，巧克力在舌尖融化，感覺就像是她的手指本身吃起來很香甜美味。我因為想連松露巧克力一起吃下，更用力咬緊犬齒時，我的額頭被推了一把。

「我就說會痛了。」

這次的話聽起來不假，傳來的聲音裡面帶著情緒，按在我額頭上的手也有在用力。

「放開。」

仙台同學沒有權力命令我。

所以我不會聽她的話。

我故意用力咬下。

結果可能是真的很痛吧，她用命令的語氣又說了一次：「放開。」然後抽走了手指。只剩下巧克力留在我口中，我等它融化後嚥下。

即使我跟她不是朋友，但她做的友情巧克力很好吃。雖然這友情巧克力的用途想必跟她原本預期的不同，但對我而言派上了用場。反正是她順便多做的，這些巧克力會有怎樣的下場，也不是什麼大問題。

不過我看了看製作者本人的臉，只見笑容已經從她臉上消失了。

「拿面紙給我。」

仙台同學用比平常更低沉的聲音說道。

套了鱷魚盒套的面紙盒就在我的斜前方。若要論遠近，仙台同學還比我更近一點。

我看著她的手指，上面沾了應該是可可粉的東西，還有巧克力。

塗了透明指甲油的指甲也弄髒了。

要擦乾淨它們，也不是非得用面紙才行。

我無視仙台同學的話，讓舌頭爬上她的食指。雖然這是個愚蠢的程序，不過弄髒仙台同學的我正在讓她變成原本乾淨的仙台同學。

「宮城。」

我假裝沒聽到她的聲音，將嘴唇壓在她的指尖上，舔著自己咬出來的齒痕。舌頭滑到第二指節上，吸吮她的指根，微弱地傳出「啾」的一聲，仙台同學的身體顫抖了一下。

「等一下，妳這樣很噁心。」

她的聲調毫無起伏。

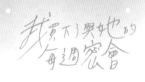

不過我想仙台同學現在的心情，一定跟之前的我一樣。

儘管覺得噁心，卻不僅是如此的感情。

我彷彿能從她不帶起伏的聲調中感受到這些情緒。我將舌頭抵在她的手指上，但是巧克力帶來的甜味早已消失了。

我覺得人類的皮膚跟我至今曾放入口中的任何東西都不像。不特別燙，也沒有特別冰涼，人類的手指不是什麼美味的東西。

就算是這樣，今天一整天下來，現在仍是我感到最愉快的時間。

我讓舌頭爬上她的拇指。

如同我對食指做過的那樣，舔著她的手指。我像是要融化巧克力那樣，讓舌頭慢慢地滑過後，仙台同學輕嘆了一口氣。

「宮城，妳鬧過頭了喔。」

我的肩膀隨著這句話被用力推了一把。我放過她的手指，然後把背上長出面紙的鱷魚丟給仙台同學。

「做這種事情好玩嗎？」

仙台同學一邊擦手指，一邊看著我。

「當然。」

我笑著回她，鱷魚被她一把推過來還給了我。

「這什麼嗜好啊，難道妳喜歡吃人？」

「我沒那種嗜好。」

「那就不要咬我啊。真的很痛耶。這樣不算違反契約嗎？」

仙台同學傻眼地說，喝了一口汽水。

「這又不算是對妳施暴。而且妳對我做過一樣的事，所以妳也該忍耐一下吧。」

「妳說一樣的事是指？」

「妳不是咬過我的腳嗎？」

「我才沒有咬得這麼用力。我還以為手指要被妳咬斷了。」

「我只是想吃巧克力，結果卻變成這樣罷了。」

「妳還想吃嗎？」

「妳希望我怎麼做？」

「……隨妳高興。」

仙台同學像是丟垃圾那樣拋出這句話。

我並不是想跟她成為朋友。

我們的關係單純是靠金錢來維繫的，也只要靠金錢來維繫就夠了。

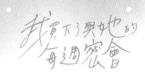

所以不管仙台同學在想什麼，那都不重要，我有權力可以隨意使喚她。

照理來說是這樣的。

可是，儘管這樣想，我脫口而出的卻是意想不到的話語。

「妳要一起吃晚餐嗎？」

「要。」

仙台同學立刻回答。

比起一個人，兩個人更好。

雖然味道不會變，但是我覺得跟某人一起用餐，好像更有在吃飯的感覺。

我起身走向廚房。不用我說，仙台同學也會跟著過來。我開了燈，按下空調開關，讓仙台同學坐在開放式廚房靠客廳那一側的吧台邊。

我從冷凍庫取出冷凍薯條，連著包裝整袋丟進微波爐。將兩個盤子並排放好，放上從冷藏庫拿出來的漢堡排調理包。待微波爐警示音響起後，把炸薯條拿出來，換漢堡排進去。

我所做的事情說起來就只有這些，晚餐很快就弄好了。不過還是比只要三分鐘就能上桌的泡麵多花了點時間。

「弄好了。」

我把盛有漢堡排和炸薯條的盤子連同白飯一併放在仙台同學面前，她發出欣喜的聲音。

「有兩人份啊。」

說得簡直像是我事先買好了仙台同學的那份漢堡排。

「這是我爸爸的份。」

今天就是這樣的日子。

我多買了一份要給爸爸吃的漢堡排。

就只是這樣，這不是為仙台同學準備的。

「我吃掉了的話，妳爸爸怎麼辦？」

仙台同學沒問我母親的事，只問了父親的狀況。

「他還有其他東西可以吃。」

我這話其實不對，冰箱裡面跟空的沒兩樣。不過爸爸幾乎不會在家吃飯，因此冰箱裡面有沒有東西都沒差。

「所以妳就吃吧。」

我淡漠地回答，坐到仙台同學身旁。小聲地說了句：「我開動了。」之後，我聽到旁邊傳來同樣的話語，彷彿與我的話重疊在一起。就算是這樣，畢竟我們也不是特別合得來，接下來兩人就只是默默地用餐。

對我來說沒有聊天並不是那麼難受的事，甚至比刻意迎合他人的話題來得輕鬆。我咀嚼著遠比仙台同學的手指更為柔軟的漢堡排。兩人之間只有筷子與餐具碰撞的聲音。漢堡排和炸薯條漸漸減少，當盤子差不多要清空的時候，仙台同學開口了。

「下次我做晚餐給妳吃吧？」

「幹嘛突然這樣說？」

「不要嗎？」

因為松露巧克力很好吃，我想仙台同學做的菜應該也滿好吃的。可是我沒道理要讓她做晚餐給我吃，也不希望她做我沒有命令她做的事。

讓我們這段關係得以成立的，理應只有「命令」才對。

「不用做沒關係。」

「這樣啊。」

仙台同學未顯失落地回答，把漢堡排送入口中。

只要靜靜地吃，晚餐很快就吃完了。跟我們在十二月冷到不行的日子裡吃泡麵時沒兩樣。我們把餐具放著，打算晚點再洗，先回到了房間。

「妳還想命令我做什麼嗎？」

「沒有。」

「那我要回家了。」

仙台同學穿上制服外套和大衣，走向玄關。

「我送妳。」

我們一起走出玄關，踏進電梯。

「松露巧克力很好吃，謝謝。」

我邊看著數字從五到四地逐漸減少，邊告訴仙台同學我收到東西的感想並道謝。我好歹還是懂得這些做人的基本常識。

「不客氣。」

耳邊傳來仙台同學的聲音，電梯停了下來。我們走到入口大廳，仙台同學揮揮手，對我說：「下次見。」

「拜拜。」

我一如往常地對著她的背影道別後，只見仙台同學回過頭來。至今為止她從未像這樣回頭過的。而她現在竟然回頭對我說了：「拜拜。」又揮了揮手。

◇◇◇

情人節過去，剩下的三顆巧克力也早就不見蹤影。我倒不是說還想再吃，只是覺得再多

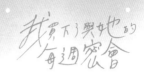

個兩、三顆也無妨吧。

畢竟我喜歡甜食，有再多都不是問題。

不過那也未必要是仙台同學親手做的東西。畢竟不管是誰做的，只要東西好吃就好。而且只要不是難吃到不行的程度，就算沒那麼好吃我也不在意。仙台同學說要做的晚餐也一樣。不論好不好吃都無所謂。只要進了胃裡，不管什麼東西都是一樣的。

……算了，我想仙台同學也只是隨口說要做飯而已，天曉得她是不是真的有打算要下廚。

我聽著老師講課的聲音在遠處迴盪著，按著自己的胃。

我看了一眼掛在黑板上方的時鐘，從開始上課到現在還沒過多久，至少得再忍耐個三十五分鐘才能午休。

「下一個，宮城。」

老師用彷彿遊戲中會出現的催眠咒文般的聲音叫了我。雖然我沒有很專心聽課，但我知道自己現在得朗讀課文。

我起身，拿起英文課本。

我沒打算要找需要英文能力的工作，也不打算離開日本，所以就算不懂英文應該也不會造成什麼困擾才對，但英文課仍會毫不留情地到來，老師也會點到我的名字。

所以我心不甘情不願地開始朗讀課文。

一些不知道有沒有看過的單字混在我記得的單字裡，讓我朗讀的聲音變得斷斷續續。老師雖然會不時從旁提點我，我還是不確定自己唸出的發音是否正確。

「可以了，坐下。宮城，妳上課要認真點。」

老師有些頭痛地說。可是我不覺得只要認真上課，我的英文程度就會變好。

「那麼仙台，妳接著唸下去。」

仙台同學回了一聲「有」之後站了起來。

她挺直背脊，開始朗讀課本。

毫無窒礙的聲音清澈透亮。在沒有讀錯、停頓的情況下，讓課本上的文字化為了聲音。如果要用文字來比喻，仙台同學的聲音是筆記體，我的聲音則是小孩子寫出來的歪七扭八黑體吧。

大部分的事情，仙台同學都能做得很好。

我看著課本嘆息。

我不懂。

頭髮顯然偏咖啡色，而且也有化妝，裙子也比校規規定的長度還短。明明沒有遵守校規，老師們卻會袒護仙台同學。真要說起來，她本人雖然說自己走清純路線，可是有化妝算

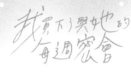

是清純嗎？咬人腳算是清純嗎？這真的是個很大的疑問。

不過再怎麼想這些事情，我們的處境都不會改變。我不可能變得像仙台同學那樣，能夠做好任何事情的。

我翻了一頁課本。

過了一會兒，仙台同學的聲音中斷，傳來粉筆在黑板上書寫的聲音。我想都沒想地把黑板上的內容抄在筆記本上，度過這段漫長、漫長的時間。老師在占用了五分鐘午休時間後才下課，我立刻從書包裡拿出手機。

在我的朋友舞香從教室最後面走過來找我之前，傳出訊息。

收件者是仙台同學。至於內容想也知道。

『今天來我家。』

我馬上收到了回覆，這樣我放學後就有約了。

在學校餐廳吃午餐，上完下午的課之後，轉眼間就沒有其他要在學校做的事情了。我跟說想繞去其他地方逛逛的舞香道別，回到家裡之際，仙台同學傳了『我馬上到』的訊息過來。當我在床上打滾時，門鈴響起，仙台同學來了。

「久等了。」

仙台同學這麼說，脫下大衣和制服外套，在書櫃前面坐下，開始找書。我將一張五千圓鈔票放在她頭上，離開房間，踩著「啪噠啪噠」的拖鞋聲走向廚房。

我拿出兩個玻璃杯，從冰箱取出汽水，倒入杯中。將汽水端進房間裡時，仙台同學已經一副當這裡是自己家的樣子，躺在我的床上。

慵懶地躺著的她旁邊放了三本漫畫。因為我對這景象也是見怪不怪了，我將杯子放在桌上，從書櫃裡抽出幾本漫畫，然後靠著床鋪坐在地上，翻開已經看過好幾次的書頁。

雖然我可以命令她，但命令的內容也沒有太多變化。在這個房間的仙台同學就像是我的僕人，可是我們之間有一些基本規範，因此能做的事情也很有限。再說我也不是每次都會想惡整她，也沒想要她做些奇怪的事情。

所以時間靜靜地流逝。

我看完一本漫畫，又接著看下一本。

房間裡面只有翻頁聲和電暖器吐出暖風的聲音。當我拿起第三本漫畫時，傳來了仙台同學的聲音，我便看向她。

「宮城妳啊，不會玩遊戲嗎？」

「會玩啊。」

「玩那種被很多帥哥追的遊戲？」

仙台同學的視線仍停在漫畫上，繼續說道。

「我不玩那種遊戲。」

「是喔，我看妳有很多戀愛漫畫，還以為妳喜歡那種的。」

我雖然喜歡看戀愛漫畫，不過這點並未反映在我玩的遊戲類型上。我常玩的是角色扮演遊戲。比起體驗虛擬的戀愛，我比較想玩體驗他人人生的遊戲。

「反正妳一定是覺得我都玩些很宅的遊戲吧？」

「不是這樣喔？」

仙台同學從漫畫上抬起臉，有些壞心眼地笑了。

我沒回答她，逕自起身。

我想她應該不是刻意的，可是她的言行舉止中，透露著她認為自己的地位在我之上的氣息。如果在學校，那確實是沒錯。可是在這裡不一樣，我不是很喜歡她那種態度。

「幫我寫英文作業。」

我從書包裡拿出課本和講義，攤在桌上。不過仙台同學還是躺在床上。

「我看完這個就去寫。」

「現在就寫。」

「妳很小氣耶。」

她說完後，感覺有點不情願地坐到我對面，然後從自己的書包取出講義，開始解題。

「直接寫在我的講義上就好了啊。」

「我之前就說過了，那樣一看筆跡就知道是我寫的，所以不行。」

「妳就模仿一下我的筆跡啊。」

「要是老師發現了，我也會挨罵，我不想這樣。而且下達這種會可能會被大家發現的命令，可是違反契約的喔。」

我和仙台同學會在放學後碰面。

一起做些什麼。

我們說好，我不可以下達會讓這件事曝光的命令，所以仙台同學說得沒錯。但我覺得她要模仿出我的筆跡根本不是什麼難事。

雖然做得到，但不想做。

應該就是這樣吧。

我用自動鉛筆的按壓頭戳了戳仙台同學的臉頰。

「幹嘛？」

「舔它。」

因為只是看著認真解題的仙台同學也滿無聊的，我藉此打發時間。

在桌子的另一側，她抬起頭，嘴唇碰上自動鉛筆的按壓頭，然後讓筆管滑過她的嘴角。

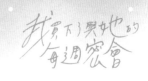

仙台同學的唇緩緩地順著筆管而下，毫不猶豫地舔舐並咬了筆管。

「我不太喜歡妳這樣。」

我把筆從她口中抽出。

「什麼意思？」

「妳做了我沒要妳做的事。」

命令是要她舔，沒有要她咬。

我想要她做的只有舔這枝筆。

「仙台同學，妳該不會很喜歡被人命令吧？我看妳好像很開心。」

「我看起來像是很開心的樣子嗎？」

她是沒有喜孜孜地聽令行事，但至少看不出她有感到抗拒。

至今為止仙台同學從未拒絕過我的命令。

我的願望應該已經實現了，我現在卻不這樣認為。

「——妳起碼看起來別這麼開心吧。」

我硬把自動鉛筆塞進她嘴裡，用按壓頭戳了戳她的舌頭，並像是要刮搔上顎內側似的滑動。我順勢抽出自動鉛筆後，只見仙台同學繃起面孔，眉頭皺了起來，一看就知道她很不高興。

「就該露出這種表情。」

我從沒對朋友有過這種想法。

不過仙台同學不是我的朋友，所以就算有這種想法也無所謂。

「宮城妳果然是變態。」

仙台同學以我在學校未曾聽過的低沉語氣說道，想搶走我的筆。但是我躲開了她，臉上擺出笑容。

「或許是吧。」

在學校從未表現過不悅的她，明顯地露出厭惡的表情。

只會裝好人的仙台同學消失了。

出現了沒有任何人知道的仙台同學。

我覺得自己喜歡這個瞬間喜歡得不得了。

屬於跟我沒有任何交集的小圈圈、光彩奪目、看起來總是很開心，像這樣把校園生活中的所有好處都拿在手裡的仙台同學，在這裡並不存在。

我用自動鉛筆的筆尖戳了戳仙台同學的手背。

「喂，這樣很危險耶。」

仙台同學不悅地出聲抱怨。我把筆尖深深戳進她的皮膚裡，到筆芯彷彿會折斷的地步，聽到她說了：「好痛。」

我讓自動鉛筆離開仙台同學的手背，抽了一張長在鱷魚背上的衛生紙，擦乾濡濕的按壓頭。

「喂，妳要做晚餐給我吃嗎？」

我想確認她那天八成是隨口說說的話，到底是不是真心的。

「妳不是不想吃嗎？」

仙台同學冷漠地說，輕輕嘆了口氣，然後像是要讓自己的心情平靜下來，先一度閉上眼後，才又睜開眼睛看我。

「不過，如果那是妳的命令，我就會做。」

她平靜地說完後，又開始動手把英文單字寫在講義上。

我付了五千圓來命令仙台同學。

但是我不會命令她做晚餐給我吃。

命令要用在別的事情上。

我像是在模仿她寫下的漂亮字跡，在講義上振筆疾書。

第4話 我知道宮城不好吃

「我回來了。」

作為一個回到家的儀式，我對著客廳打招呼。從流瀉出燈光的房間傳出了笑聲，但也就是如此。不會傳來應有的回應，已經成了理所當然的事，我也懶得抱怨。

真要說起來，事到如今才突然有人對我說「歡迎回家」還比較困擾，所以沒有回應比較好，這樣比較自然。

我已經在宮城家吃過感覺不太健康的便當當晚餐，所以不餓。沒理由要繞去客廳的我走回自己的房間。

我在不多也不少地備齊所有必需品的房間裡脫掉制服，換上家居服。作業也已經在宮城家寫完了，今天該做的事情已經全數完畢。我從書包裡拿出錢包，抽出宮城給我的五千圓，然後把紙鈔塞進那個放在五斗櫃上，只要裝滿五百圓硬幣，就能存到一百萬的存錢筒裡。

我到底塞了幾張進去呢？

我每個星期大概會從宮城手上收到一、兩次五千圓。我雖然不記得這裡面到底裝了多少

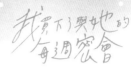

張五千圓，但我跟她之間的關係既然是從去年七月開始的，也持續了好一段時間，應該存了一筆相當可觀的金額吧。

我不想特地打開存錢筒確認金額。而且不管存了多少，我也沒打算拿出來用掉。不過我有點在意，裡頭到底累積了多少我和宮城一起度過的時間？

我試著拿起存錢筒搖了搖，裡頭傳出「咖啦咖啦」的響聲。

這應該是在開始存五千圓之前就存進去的五百圓硬幣所發出的聲音，沒辦法用來判斷裡面累積了多少時間。

我把存錢筒放回五斗櫃上。

宮城會為了下達一些小命令而付我五千圓。

五千圓對高中生來說不是小錢，她真的每次都給了我這樣一筆理應不是可以隨便拿出來的金額。雖然她說她不缺錢，然而我一想到存錢筒裡面的五千圓，心情就覺得有些沉重。如果命令的內容值得她付這筆錢，那我或許就不會因為收下五千圓而想這麼多有的沒有的事了。

這樣一想，就覺得今天宮城把自動鉛筆塞進我嘴裡，我露出不悅的表情時，宮城所說的那句「就該露出這種表情」，或許有符合五千圓的價值吧。

那時候的宮城，是我至今為止看過她最開心的樣子。

然而假設那是值得拿五千圓來換的東西，我也實在沒辦法歡迎她這麼做。我認為自己對她說的「宮城妳果然是變態」這句話沒有說錯。而我也沒有變態到會想主動去做自己討厭的事。

要做那種事，還不如叫我像條狗一樣乖乖聽話。

竟然想看我不高興的表情，只能說宮城這個人真的有病。

「她到底在想什麼啊？」

我也不是想說給誰聽，只是這樣嘀咕了一句，放下紮起的頭髮之後，手機發出收到訊息的聲音。我看了看螢幕，是羽美奈傳來的，訊息內容只寫了『看了嗎？』這三個字。

這麼說來，今天是羽美奈喜歡的電視劇播放日。

我打開電視，電視劇已經快要演完了，所以我先傳了『我剛剛去洗澡了，等下會看錄影』的訊息給她。

如果接下來得看一集電視劇，就算跳過廣告，我也有將近五十分鐘不能做其他事。

不用想都知道有夠麻煩的。

這部我不得不看的電視劇是愛情劇。愛情這主題我是不討厭，可是羽美奈喜歡的這部電視劇劇情不符我的喜好。我倒不至於說看這個很浪費時間，不過有空看這部無聊的電視劇，我寧可去做其他事。

宮城基本上不會連續找我過去，所以明天放學之後，我應該會跟羽美奈她們出去吧。那對我而言是再平常不過的放學後時光，我也不討厭跟她們相處，只是要讓這段時間變得舒適，要先做好的準備有一點點麻煩。

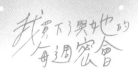

明天要是跟她們一起出去，一定會聊起電視劇。

「要是我說沒看，羽美奈又會不高興吧。」

如果對象是宮城，我根本不必特地看這部電視劇。

我躺在床上，伸出手。

我用手遮住房間的燈，看著自己的食指。

在情人節被宮城咬出來的齒痕早就消失了。

唉，留著我也很傷腦筋就是了。

那天我雖然很驚訝宮城竟然會毫不遲疑地這樣咬別人的手指，不過齒痕其實到隔天就消失了。

一旦做出了會讓大家發現我們之間關係的行為，就違反了契約。

假設我的手上留有齒痕，被羽美奈她們追問起來，就會變成宮城沒遵守約定。所以她可能還是有控制一下力道。又或者齒痕本來就不是會殘留那麼久的東西，但我以前從沒被人咬到會留下齒痕過，所以不知道究竟是宮城刻意控制的結果，還是單純的偶然。

我試著撫摸原本留有齒痕的位置。

一點也不痛。

我用嘴唇觸碰手指，順著看不見的痕跡舔過去看看。

沒什麼特別的感覺。

想來也是。

從第二指節到指根附近。

我被宮城舔的時候覺得很噁心。可是同時也有一種柔軟的舌頭在撫摸著我神經的奇怪感覺。

——我那時的表情也跟宮城一樣嗎？

我舔了宮城的腳，還咬了她。

我記得當時的她是什麼樣的表情。

如果我也露出了那樣的表情……

我輕輕嘆了一口氣起身。

還是來看電視劇吧。

我加快播放速度好縮短時間，接著按下播放按鈕。

我不喜歡痛。

也不喜歡被粗魯對待。

即使如此，待在宮城的房間裡，還是比待在自己家裡舒適。

我可能是被下蠱了吧。

就算沒什麼特別的含意，但我們做了這種互相舔舐對方肌膚的事，可能會讓我們之間的距離感變得很奇怪。不過事到如今我也不想去處理這個問題，宮城也不會往更失控的方向發展吧。

我調大電視音量。

羽美奈喜歡的帥哥演員的聲音變大。

我把意識集中在不覺得有那麼好看的電視劇上。

◇◇◇

我想要男朋友。

最好是一個帥氣又不會劈腿的男朋友。

男朋友、男朋友、男朋友。

放學後在ＫＴＶ包廂裡，羽美奈像是個只會說預設詞彙的機器人，一直不停地說著「男朋友」。

在知道小圈圈成員之一的某人交了男朋友之後的結果就是這樣，一月底被男朋友甩了的羽美奈變成了想要男朋友的機器。這種時候的羽美奈很難搞。枉費我還特地看了無聊的電視劇，今天卻派不上什麼用場。

「葉月妳可好了，這麼受歡迎。」

羽美奈叫到我的名字，我露出笑容。

受歡迎。

這個說法是否為真並不重要。我該說的話早就已經決定好了，她希望我給出的回應既不是否認，也不是肯定。而是要把話題導到「羽美奈比較受歡迎」這個結論上。

雖然女孩子就像鮮奶油上裝飾著繽紛水果的蛋糕一樣擺放在那裡，內在卻未必像蛋糕一樣甜美。有時候會發生以為很美味地放入口中，才發現是劇毒的狀況。所以我必須在不讓人反感的情況下，一邊表示自己沒有那麼受歡迎，同時吹捧一下羽美奈的身價。

不過心情很差的羽美奈不肯接受我的說詞。

「情人節那天啊，葉月妳不是途中就先回去了嗎？妳一定是去跟誰碰面了吧？飯田？還是佐佐木？莫非是我不認識的男生？」

「我之前也說過了，真的不是那樣啦。只是我家人叫我回去而已。要是我真的交了男朋

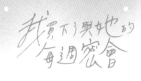

友，一定會第一個告訴羽美奈。」

因為情人節那天宮城找我，我提前離開，隔天羽美奈她們就開始懷疑我是不是去見男友了。關於這個誤會之前應該就已經解釋清楚了，但看樣子她因為想找人遷怒，結果又翻起了舊帳。

羽美奈也不是什麼壞孩子。

我失意的時候她會擔心，也會鼓勵我。只是她的情緒起伏比常人更劇烈。

然而要一直討好她也很累。

在這個KTV包廂裡面的四個人，其中一個人因為交了男朋友而心花怒放，還有一個已經被羽美奈整死了。這麼一來，就只能靠我一個人來讓羽美奈的心情變好——

有夠麻煩的。

我心想，這種時候要是宮城聯絡我就好了。

雖然我也可以隨便編個理由離開，但真的有事會更好走人。不過正如宮城過去從未連續找我的前例那樣，她並沒有聯絡我。

結果到了下週宮城才來約我，那天我們也一起吃了感覺很不健康的晚餐。再下一次她也端出了很不健康的東西當晚餐。宮城一次都沒有開口要我做晚餐。

所以當我今天在書店看到宮城傳訊息給我之後，我先繞去超市買了雞肉，才前往宮城家。

便當和外面賣的現成配菜。

除此之外就是一直吃泡麵或冷凍食品這些東西當晚餐，我覺得這樣實在不太好。

而且我很想看看，當我做出命令外的事，那瞬間宮城會露出什麼樣的表情。像宮城這種會說想看我不高興表情的人，我根本不需要顧慮她。不管我是在自己家下廚，還是在宮城家下廚都一樣，所以我帶著晚餐的材料走進宮城的房間裡。

「妳本來跟茨木同學她們在一起？」

宮城一邊給我五千圓，一邊用順便一問的口氣，問我為什麼來晚了。

「今天不是。這個，拿去冰在冰箱裡。」

我收下五千圓，把超市的提袋塞給宮城。

「這是什麼？」

「做炸雞塊的材料。」

「妳為什麼帶這個來？」

「因為我要在這裡煮晚餐。」

「我沒有這樣命令妳。」

宮城明顯地露出不高興的表情。

遵從她的命令。

我們雖然是這樣說好的，可是沒說我不能在這個家裡煮晚餐。在她命令我之前，我可以自由去做我想做的事，所以照理來說，今天我要做晚餐這件事，不是一件該受到她指責的事情才對。

宮城自己或許也明白這點吧，她沒有叫我不要做晚餐，只是不悅地皺著眉頭。

我從沒產生過想看別人不高興表情的念頭，不過看到宮城因為我要做些沒被她命令的事情而一臉不悅地看著我，那模樣倒是滿有趣的。

「妳是沒有命令我，但這是我想答謝妳總是請我晚餐的一點小心意。而且我偶爾也想吃點像樣的東西啊。」

我說出她應該無法婉拒的理由，再次把超市提袋交給這個家的主人，宮城卻不肯接下。

「妳自己拿去放啊。」

宮城冷淡地說完後，走出開了電暖器後溫暖到有些熱的房間，往廚房前進。我脫掉大衣跟制服外套，跟在她身後。我拿著超市的提袋踏進廚房，打開那台大到讓我很想問宮城家有幾個人的冰箱，然而和外觀給人的印象完全相反，裡頭簡直沒有東西到了可以用清爽來形容的程度。

「冰箱幾乎是空的嘛。裡面竟然只有果汁，這樣沒問題？」

「沒問題。」

宮城壓低聲音，斬釘截鐵說這樣就可以了。

也是啦，我沒什麼資格嫌棄別人家的冰箱。

我默默把晚餐用的食材放進冰箱。當超市提袋即將變得空空如也，我在拿出因為覺得這個家裡八成沒有而順便買來的麵粉和太白粉時，向宮城搭話。

「妳今天要下什麼命令？」

「什麼都好吧？」

「妳不介意晚點再下命令的話，我想先做炸雞塊。」

「我還沒想好，隨妳便。」

宮城不負責任地把事情都拋給我決定，說完後便打算離開廚房。

「等一下，我有材料想要妳幫忙切。」

我從冰箱裡拿出高麗菜，交給宮城。

「要我切嗎？」

「除了妳還有誰？」

「是仙台同學妳說要做晚餐的，妳自己做啊。」

「妳該不會是不會切高麗菜絲吧？」

我一邊清洗砧板和菜刀一邊問，然後聽到壓低的小小聲音傳來。

「……我切。」

她到底是會切高麗菜絲呢，還是不會？

我不太清楚，但是宮城已經把高麗菜放到砧板上了。

我在宮城身旁磨了一些生薑泥，加進醬油和料理酒裡。我不太喜歡蒜頭的味道，所以沒加，接著將已經切成合適大小，要用來做炸雞塊的雞肉放入調好的調味料裡揉捏入味。

這時我忽然有點在意宮城，往旁邊看了一眼，只見她正要往自己的手指而不是高麗菜切下去……這樣說是有些誇大，但我知道自己讓一個不該拿菜刀的人拿起了菜刀。

「宮城，等一下，妳那樣太危險了吧？」

「哪裡危險？」

「手啦，手！手指要彎成像貓的手那樣啦！」

「貓的手是怎樣？」

「妳以前家政課上烹飪時沒學過嗎？」

把左手手指彎起來，壓住要切的食材。

大家都應該有在課堂上學過。宮城卻用指尖壓著高麗菜，感覺很恐怖。

「我不記得了。」

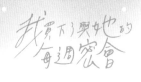

宮城斬釘截鐵地說完後切下一刀，然後在砧板上留下與其說是切絲，更像是切段寬度的高麗菜。

「妳這樣切會切到的不是高麗菜，而是妳的手啊。況且妳菜刀也拿太高了啦。」

用往下揮刀來形容是誇張了點，但是她真的把菜刀舉到滿高的位置才下刀。

「仙台同學，妳在旁邊一直唸很煩。」

「啊～真是的，宮城，妳去旁邊。」

我光看都怕。

如果是這樣，還不如全都由我自己來做比較好。然而她卻不肯退讓。

「我會切完，妳不要管我。」

菜刀切開高麗菜，砧板發出「咚！」的聲音。

我真不該找她幫忙的。

但不管再怎麼後悔，時間也無法倒轉回到我拜託她切高麗菜絲之前。結果我只能膽戰心驚地把醃過的雞肉裹上用麵粉跟太白粉混合調成的粉末。

咚！

咚！

在聽起來完全不像切高麗菜的聲音數度響起後，我聽到宮城發出微弱的呻吟。

「怎麼了？」

沒有回應。

「宮城？」

我看向她的手邊，發現一抹紅混在高麗菜的綠裡。

「等一下，宮城，妳流血了。既然切到手了，就早點說妳切到手了啊。」

我洗掉沾在手上的粉末，抓住宮城的手腕。在我正打算把她的手拉到水龍頭底下沖水的時候，水卻被關掉了。

「這種時候不是應該舔受傷的手指嗎？」

「妳看太多漫畫了。就算去舔傷口也不會好，仔細清洗傷口之後再貼上ＯＫ繃比較好。」

「那消毒呢？」

「消毒好像會讓傷口癒合得比較慢。所以說ＯＫ繃放在哪裡？要是妳家裡沒有，我去拿我的過來吧？」

傷口看起來不深。

但還是流出了幾乎快從食指上滴落的鮮血。

我打算用自來水洗淨傷口，貼上ＯＫ繃，然後把宮城趕出廚房。

每個步驟都很簡單，宮城卻全都不肯讓我完成。

「舔我的手指幫我消毒。」

她這樣說，把被菜刀切到的手指伸到我面前。

「妳都流血了。而且舔傷口也不能消毒。」

「這是命令。」

「……妳是故意切到手的嗎？」

「怎麼可能？」

宮城仍把手指放在我面前，叫我必須遵從命令。

鮮紅的血液流出，染紅了她的手指。

我光是看著，就覺得有一股鐵鏽味在口中擴散開來。

「仙台同學，快點。」

就算我有舔過自己的血，也從未舔過別人的。

不是自己的血，舔起來的味道會跟自己的血一樣嗎？

我馬上就知道答案了。

舔完湊到嘴邊的手指上的血之後，感想根本連猜都不必猜。

不管是誰的血都不美味。

宮城的血也跟我舔自己的血時一樣，有著類似鐵鏽的味道。我沒有實際舔過鐵鏽，所以不知道這樣形容到底對不對，但依然不改它並不美味的事實。我不喜歡的汽水味道感覺還比較好一點。

「妳再認真點舔。」

她隨著這句話把手指推了過來，從她體內溢出的體液沾濕了我的唇。我反射性地閉上了嘴，宮城的手指卻撬開了我闔上的牙齒，鑽進我的口中。

手指接觸到舌頭，我比剛剛更明確地感受到血的味道。

是A型？還是B型？

還是其他血型呢？

我不知道宮城的血型，不過無論是哪種血型，都不是我會主動想舔的東西。但是我怎麼想似乎不重要，她沒有抽出手指，傷口抵在舌頭上，讓血的味道變得更濃了。

比以前舔自己的血時更清楚感受到的血腥味，果然一點也不美味。

我想我只會對宮城做這件事。

就算我以後有了交往對象，那個人割傷了手指，我也不會想要幫對方舔掉傷口上的血。畢竟血就是這麼不美味，也一點都不衛生。我做這種事情的對象，宮城是第一個，也是最後一個。

我吞下在口中擴散的血液。

他人的體液經過喉嚨進入胃部的感覺，其實滿不舒服的。我為表抗議，用力地用舌頭抵著她的傷口，宮城痛得發出微弱的氣音。

然後像是鐵鏽的液體又弄髒了我的舌頭，我再次吞下血液。

血液不斷地從傷口湧出。

畢竟我不是在幫她止血，這也是當然的。

每當血液擴散開來，我就有種無論口中還是體內都遭到宮城侵蝕了的感覺，令我渾身發毛。

這樣不好。

這是不健全的命令。

雖然有一方會下達命令，另一方會遵從命令，這件事本身或許就很不健全了，但我知道自己現在正在做的事不是什麼好事。

儘管這麼想，我仍用力咬了傷口。

口中染上了血的味道。

明明不想吞，宮城的血依舊通過了我的喉嚨。

「張開嘴。」

宮城用壓抑著感情的語氣說道。

我沒聽從這句理應有聽到的指示，宮城便強行拔出了手指，開口問我。

「人的血美味嗎？」

口中仍殘留著血的味道。

總覺得滿嘴都是比汽水味道更糟、令人反感的液體。

「如果是吸血鬼或許會覺得不錯，但我是人類，所以不覺得美味。」

「這可以補充鐵質喔。」

宮城不負責任地說完後笑了。

我沒有利用別人的血來補充鐵質的嗜好。如果要成為自己身體的一部分，我寧可吃自己並不喜歡的豬肝。

——沒錯。

進入我體內的宮城血液，將會變成我的一部分。

一想到這裡，我就覺得胃不太舒服。

「借我個杯子。」

我在宮城回話之前就打開餐櫃，拿出平常用來喝汽水的玻璃杯，倒了半杯水。

咕嚕。

我像是要把口中殘留的血沖掉似的喝著水。

我喝光杯裡的水之後看了看宮城，她的手指還在流血。

「手給我。」

我沒打算聽她的答覆。我不由分說地抓住宮城的手腕，把她的手指拉到水龍頭底下洗去血汙。這次宮城沒有抵抗，乖乖地任水洗淨她的手指。

「我去拿ＯＫ繃來，妳就繼續沖水。」

反正就算問宮城，她也不會告訴我ＯＫ繃放在哪裡。既然這樣，我去拿自己的過來還比較快。

我回到宮城的房間，從包包裡面拿出據說可以讓傷口更快痊癒，比較好的ＯＫ繃，接著「啪噠啪噠」地踩著拖鞋回到廚房，看到宮城正在觀察傷口。

「拿去。」

我遞出拿過來的的ＯＫ繃。

「妳不幫我貼嗎？」

「妳這話的意思是要我幫妳貼？」

宮城伸手到我面前，代替回答。

要是太過寵溺，人就不會好好成長。

沒錯，會養出像宮城這種廢人。

都上高中了，還是連個ＯＫ繃都不會貼的小廢物。

不過我想這應該也是命令的一部分。

既然是這麼回事，我就幫她貼上了ＯＫ繃。

「今天晚餐要吃的飯煮了嗎？」

我把從注重功能，外觀並不可愛的ＯＫ繃上撕下來的垃圾丟進垃圾桶，詢問宮城。

「煮了。」

「那妳到那邊坐好。」

「高麗菜呢？」

「我來切就好。」

雖然不趕時間，但我也不想因為切個高麗菜絲就浪費那麼多時間。而且要是她再切到手指也很麻煩。

我把宮城趕出廚房，一邊把雞肉下鍋油炸，一邊切高麗菜。

擅自拿出盤子盛裝煮好的菜餚。

我把白飯跟盤子一起放到吧台桌上，與宮城並肩而坐，一起說完：「我開動了。」之後，身旁的宮城不悅地咬了炸雞塊。

一口、兩口。

她的表情沒有變化。

「不好吃嗎？」

聽我一問，她馬上回答。

「好吃。」

親手做的料理受到稱讚，我其實滿高興的。

不過這還是我第一次看到用一副不覺得好吃的表情吃著美味料理的人。

「仙台同學。」

「嗯？」

「妳為什麼要這樣做？」

「我剛剛也說了，算是答謝妳至今請我吃晚餐。」

「妳可以不用再這麼做了。」

說了好吃的宮城用冷淡的語氣這麼說。

「妳討厭炸雞塊？」

「不管我喜歡還是討厭，妳都不用再做了。」

在學校的宮城看起來不像是會表現出負面情緒的那種人。我偶爾看到她，不是很開心地跟朋友聊天，就是在笑，和跟我講話時大相逕庭。不知道是不是因為待在家裡這個自己的地盤上，跟我相處時的宮城看起來非常不穩定。

說是這樣說，這也不代表她對我敞開了心房吧。去弄清楚不知道在想什麼的人現在到底在想什麼，也只是徒增勞累。而且我要討好的對象有羽美奈就夠了。

「宮城妳啊，都不做飯的嗎？」

我想換個話題，藉此改變沉悶的氣氛。

「因為不會做飯也沒什麼好困擾的。」

「要不要我教妳？」

「不用，我沒有要做飯。」

「這樣啊。」

說得也是。

我就覺得她會這樣回答。

我也沒想要硬逼她學做飯，所以我讓話題就此結束，咬下炸雞塊。

不是我要自誇，但真的滿好吃的。

宮城不發一語，將放在桌上的晚餐納入胃袋。比起做飯所花的時間，我們用更短的時間吃完了晚餐，回到宮城的房間裡之後，她命令我朗讀一本小說，像是故意要找我麻煩。我持續朗讀出綿延不絕的文章。

讀了幾十分鐘。

當然我不可能朗讀到最後。包含晚餐時間在內，我大概在宮城家待了三個小時，才離開她住的大樓。

在那之後過了幾天，宮城又找我過去，但她畢竟從沒要求過我做飯，我也沒再主動做過。不過我們還是會一起吃飯。白色情人節那天我們也一起吃了晚餐，不過她沒給我回禮。

我今天也被宮城找去，度過了同樣的時光後，回到說：「我回來了。」也沒人會回應的家裡，把五千圓紙鈔放進存錢筒。

我到底對宮城有什麼期待呢？

我拿起放在五斗櫃上的存錢筒，它既不輕也不重。

◇◇◇

比起隆冬時期，電暖器的溫度有設定得比較低一點。

即使如此，宮城的房間裡面依然很熱。

因為明天開始就要放春假了，就季節來看，說現在是春天也不為過，考量到這一點，我覺得應該可以把電暖器的溫度再調低一點才對，宮城卻連制服外套都沒脫，就坐在那裡看漫畫。

她也太怕冷了吧？

覺得舒適的室溫有落差的兩人要同處一室，其中一方就必須妥協。一般情況下應該會優先顧慮我這個客人的感受，不過我似乎不是客人，所以總是以宮城的喜好為優先。

這點倒是無所謂。

然而已經脫掉制服外套的我沒衣服可以再脫，襯衫最上面的釦子也在來到這裡之前就解開了。我下床拿起汽水，桌上還放了一袋爆米花。

平常明明都只有汽水的，真難得。

我用不喜歡的碳酸飲料潤喉後，又解開了襯衫上的一顆釦子，然後從爆米花袋裡拿出兩粒白色物體，丟進嘴裡。

「妳春假有要去哪裡嗎？」

我坐到正在看漫畫的宮城身邊問她，但她沒回應我。

從我來這裡以後，她的心情就不太好。應該說她這陣子心情都不好。要說得更精確一點，是自從我做了炸雞塊那天後，她的心情就一直都很差。

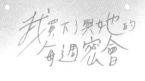

如果原因是那天發生的事，那宮城也太小心眼了。別說跟貓差不多小了，甚至比老鼠還小吧。

我從宮城手中拿走漫畫，翻開畫有手上拿著劍的男生的封面。翻了幾頁之後，旁邊傳來帶刺的聲音。

「仙台同學妳有什麼行程？」

「嗯～我會跟羽美奈她們出去吧，再來就是補習。」

「妳寒假是不是也有去補習？」

「是啊。」

等到四月，我們就會升上三年級，變成考生。

我未來該走的路早就已經決定好了。

追隨優秀姊姊的腳步。

但我不認為自己做得到。大我兩歲的姊姊就讀的是唯有腦筋非常好的人才能考上的大學。由於父母要求我要考上跟姊姊同樣水準的學校，其實我就連現在都該去課後輔導班或升學補習班好好加強課業才行。我卻不肯去，在這裡遊手好閒，要是放長假的時候再不去補習，我很有可能會被逐出家門。

「仙台同學妳很喜歡念書耶。」

「我沒那麼喜歡。」

我不知道宮城是怎麼看我的，但我所說的是事實。我以前還算喜歡念書，不過在父母把我當成用來跟姊姊比較的道具之後，我就沒這麼喜歡念書了。

「宮城妳沒有要去哪裡玩嗎？」

「我要跟朋友出去。」

「跟宇都宮？」

我說出總是跟她在一起的同學的姓。

宇都宮是一個把比宮城更長的頭髮紮在頭後，看起來很善良的女孩。她也跟宮城一樣不起眼，在教室裡的時候總是埋沒在班上同學當中。我在書店遇到宮城的那天，如果沒來這個房間，我或許沒有機會說出宇都宮的名字吧。

「對。」

宮城簡短回答，從我手中拿回漫畫。然後翻到比半本再多一點的地方。

對話到此結束。

雖然沒有明說，但我看宮城專心看漫畫的樣子就知道了。無事可做的我拿起爆米花放入口中。

奶油口味或焦糖口味。

如果要吃爆米花，我個人偏好這兩種口味，然而在這房間裡卻是普通的鹽味爆米花。要說這樣很有宮城的風格，那的確是沒錯，但我總覺得不太滿足。儘管這麼說，我仍為了打發時間而拿起一粒爆米花。這時宮城一把抓住我的手腕。

「幹嘛？」

「我拿給妳吃。」

開始了。

即使她沒有明說這是「命令」，但只要看到宮城笑咪咪的樣子，我也知道「命令遊戲」開始了。然而對於接下來可能會發生的事，我卻只有不好的預感。

宮城拿起袋裝爆米花，倒了一些內容物在手掌上。

「來，轉過來我這邊。」

她這麼說，將放有一些爆米花的左手伸到我面前。

大概想得到。

我大概想得到她想要我做什麼。不過我在腦中抹去那個念頭，轉過去面向她，從她手中拿起一粒爆米花，放入口中。

「不要用手，像狗那樣直接吃。」

在我咀嚼嘴裡的東西之前，宮城清楚地對我下令。

果然是這樣啊。

原來她是為了這麼做，才會準備平常沒準備的零食。雖然我曾經想過，她要我像條狗一樣乖乖聽話那還比較好，不過當她真的要我當一條狗時，還是讓人有點不爽。即使如此，命令就是命令，我依舊會老實地遵從。

我轉向她，把臉湊近她的手，用嘴唇叼起爆米花。

不用手，一粒一粒地吃。

叼進嘴裡，吃下去。

試著實際從宮城的手掌上叼爆米花吃之後，我覺得這樣與其說像一條狗，感覺更像是一隻鴿子。就在我抬起頭，心想著「要我做這種事情好玩嗎？」的時候，只見宮城的臉上也掛著難以言喻的表情。

「全部吃掉。」

她拉了拉我的瀏海，催促我。

看來就算是這麼無聊的命令，她也沒打算收手。

我就像一隻從人類掌心上叼起麵包屑吃的鴿子，接連叼起爆米花。宮城的手不時會摸摸我的頭，像是要提醒自以為是鴿子的我，得認清自己是一條狗的事實。雖然覺得自己在做一件非常愚蠢的事，我仍一個也不剩地吃掉了宮城手上的爆米花。

最後還舔了她的手掌。

宮城的手嚇得一顫，她試著想縮回那隻手。

是宮城叫我要像狗一樣的。

我抓住那條想縮回去的手臂，再度用力將舌頭抵在她的手掌上。我慢慢從指根舔到手掌中央的位置，上面有著和爆米花一樣的味道。

「我希望下次的是焦糖口味。」

我依照宮城的要求，表現得像條狗那樣舔了她的手之後，提出了我的希望。

「沒有下次了。」

宮城從套著鱷魚盒套的面紙盒裡抽出一張白色的面紙，擦拭自己的掌心。她將變成紙屑的面紙揉成一團，丟進了垃圾桶裡，然後在沒有任何預兆的情況下，抓住了我的領帶。

在我有些防備地想著她要對我做什麼的時候，她動作俐落地解開我的領帶，並毫不猶豫地又解開了我襯衫上的一顆釦子，我忍不住拍開她的手。

「等一下，妳這樣違反規則了吧。我可不打算跟妳發展成那種關係。」

因為我原本就已經解開兩顆釦子了，我的胸口坦露出來。雖然被她看到也不會少一塊肉，不過我跟宮城沒有熟識到可以在她面前解開三顆釦子的程度。

「我只是解開妳的領帶，妳就想到那裡去，妳也想太多了吧。」

宮城用「我根本沒打算那樣做」的口氣回話。可是由我這個不懂領帶被人鬆開，還被解開了一顆釦子的人來看，當然會覺得她想要對我做那種事。

「那妳想幹嘛？」

她對於我這個問題的回答超乎我想像地粗魯。

宮城解開我綁好的頭髮，狠狠推了我的肩膀一把。

她這個人這輩子似乎不懂得什麼叫做控制力道。

她之前咬我手指時，也用大得嚇人的力道在咬。

現在同樣用足以讓我失去平衡，跌倒在地的力道使勁推了我。

「好痛。」

如果是跌在床上那還好，可是我被推倒在沒有任何東西能當緩衝物的木地板上，所以手臂和背都覺得很痛。再加上宮城還整個人騎到了我身上，我甚至沒辦法起身。

「妳果然想做那種事嘛。」

我試圖推開她。

「不是喔。」

我看了看語氣格外冷淡的宮城，她的表情確實不像是有性衝動，或是一時鬼迷心竅的樣子。

那她接下來到底會對我做些什麼？

硬要形容的話，表情看起來相當冷靜的宮城把手伸向桌上。

咦？

宮城拿起了袋裝爆米花——

下一秒，白色的物體落在我臉上。

簡單來說，宮城把爆米花全倒在了我身上。

「宮城，妳幹什麼！」

我的臉、頭髮、襯衫上全是爆米花。

這是怎樣？這是怎樣？這是怎樣？

「這樣一點都不好玩喔。」

我揪住宮城的領帶。

我花了不少心思在照顧頭髮。我用的護髮乳不是什麼便宜貨，吹風機也是用那種會釋放負離子的高價品。

還好撒下來的東西只有爆米花，要是有小碎屑或是粉狀物我可不能接受。那種東西沾到頭髮上簡直糟透了，我會很生氣。

「我沒在鬧著玩啊。我只是想讓妳多吃一點爆米花。」

宮城臉上的表情毫無變化，拿起一粒散落的爆米花塞進我嘴裡。我像是要把怒氣發洩到她身上，連同她進入口中的手指一起咬下去，吃掉爆米花之後，宮城拿起了放在桌上的玻璃杯。

「……不是吧？」

汽水在我頭上搖晃。

宮城輕輕笑了。

杯子一斜，我不禁閉上眼，放開手中揪著的領帶。我用雙手遮住臉，手背彷彿被灑落的雨水沾濕，睜開眼一看，只見玻璃杯裡頭已經空空如也。

「妳這樣太過分了吧。」

我自然而然地壓低了聲音。

「原來仙台同學也會生氣啊。」

我也是個人。

平常之所以不生氣，只是因為我會忍耐。

「碰到這種事情，不生氣才奇怪吧？」

「我覺得我已經很客氣了。」

「哪裡客氣？」

「妳的制服外套、領帶和裙子不都沒事嗎？襯衫這麼好洗。而且明天就要放春假了，應該沒差吧。」

「……意思是妳一開始就打算這麼做？」

宮城起身，沒有回答。

不再有重物壓在身上的我也坐起身，拍掉身上的爆米花。

我的制服的確只有襯衫濕了，但就算是這樣，也不代表她可以把爆米花和汽水撒在別人身上。別說抱怨個一句了，我不大肆抱怨一番是不會干休的。可是在我開口之前，一條毛巾和一件長袖針織衫已經飛了過來。

「這件送妳，妳換上吧。不用還我。」

宮城說完後走出房間。

沒了對象可以抱怨的我，只能脫掉襯衫，用毛巾擦乾被汽水弄濕的手和頭髮，我看了宮城丟過來的衣服一眼，感覺是體格比宮城略大一點的我也能穿得下的尺寸。

我不想穿。

回想宮城的所作所為，讓我產生了這樣的念頭，但我也沒辦法再穿上濕答答的襯衫。在我無可奈何地換上宮城給我的衣服後，房門打開了。

「我送妳。」

宮城擅自認定我要就此回家，手裡拿著用來讓我裝濕襯衫的提袋並如此說道。

我不得不懷疑在這種時候還這麼老實地要送我下樓的她，神經到底有什麼問題。不過宮城本來就是個怪胎，從她會問同班同學要不要玩命令遊戲的時候，就可以知道她不是什麼正常人了，所以我覺得自己應該要了解到宮城就是這樣的人。

反正就算抱怨，她還是會我行我素地做她想做的事，不用期望她會改善。

不對，這不是該期望她改善的事。

下達命令的人跟遵從命令的人。

由於有五千圓這個東西存在於我們之間，所以也會有像今天這樣的日子。我只要接受這個事實，應該就會覺得輕鬆多了。然而我心裡仍不太能接受這件事。

「仙台同學。」

宮城彷彿在催促似的叫我，我穿上大衣。我們一如往常地兩人一起離開她家，搭乘電梯，走到大廳。

「拜拜。」

宮城在我說「下次見」之前搶先道別，轉身背對我。

「這件衣服我會還給妳的。」

我對著宮城的背影大喊。

我的襯衫被宮城弄髒了。即使如此，我也不打算就這樣乖乖收下她說要送我的衣服。該還她的東西就是要還。

明天開始放春假，我下次再見到宮城就是四月了。

我仰望天空，可以看見幾顆星星。

外頭沒有風吹，以三月而言氣候相當溫暖。

只要用線串起點點繁星，還可以勾勒出星座。

如果沒有發生什麼事，我會覺得這是個不錯的夜晚。

可是一回想起自己今天的遭遇，我只覺得今晚真是糟透了。

而且當我回到家，發現一本小冊子放在我的桌上，內容介紹的不是僅限暑假或寒假期間那類的短期課程，而是從四月開始一直到大考結束，必須長期參加的補習班，讓我心情低落。

真不想去。

我大大嘆了一口氣。

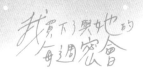

第5話　仙台同學很會裝熟

如果要我從後悔或是沒有後悔這兩者之間選一個出來，我會選後悔。

我就是這麼後悔地想著最後見到仙台同學的那天所發生的事情。

那一天，被爆米花和汽水撒了一身的仙台同學難得生氣了。她雖然曾經因為我的命令而露出不滿的表情，或是變得不太高興，卻從來沒有像那樣明顯地發怒過。

但那就是我期望得到的結果。

我像仙台同學那樣躺在她總是躺著的床上，細細地長嘆了一口氣。

我是第一次對別人做出那種事。

至今為止，我連一次都沒有把爆米花和汽水撒在別人身上過，也從來沒有想過要做那種事。

要是我沒那樣做就好了。

我好幾次這麼想。

我必須要那樣做。

我也好幾次有過這種念頭。

或許是因為即便在放春假，我依然沒什麼令人雀躍的行程，導致我腦中總是會浮現出一些我平常根本不會去想的事，害我很憂鬱。如果要上學，那這些情緒也許會埋沒或是消失在有不少事得做的每一天當中，然而在春假期間卻不是這麼回事。

我抱著要是這樣能讓自己開心點就好了的念頭，把平常會拿來付給仙台同學的五千圓拿去買了漫畫，卻一直沒能把漫畫看完。無論是圖片還是文字我都看不進去，就只是不斷地翻頁，這些漫畫現在已經成了房裡的擺設。

我躺在床上，伸手遮住從窗戶灑落的柔和陽光。

仙台同學叫我切高麗菜那一天，被菜刀切到的傷口已經癒合了。切到的時候確實很痛，被仙台同學咬住的時候更痛，所以我很高興這傷口已經癒合了。

只不過就算表面上的傷口消失了，我心裡還是很在意舔了我的血的仙台同學，當時到底在想些什麼？

不過無論我再怎麼想，也不會有答案。

要說我對仙台同學的了解，大概只有她盡是在做些與她在校形象相去甚遠的行為。

她明明不需要聽從別人的命令也可以過得很好，卻在這個房間裡聽從我的命令。原本以為她帶著的會是可愛的ＯＫ繃，結果她拿來的卻是重視功能性、一點也不可愛的ＯＫ繃。

跟她在學校那猶如用親和力雕塑出來的石膏像，總是掛著笑容的形象不同，在這裡的她很懶散，也不在乎他人，把這裡當成自己家一樣，隨便利用著這個房間。

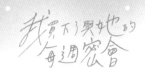

真要說起來，她跟別人之間的距離感很奇怪。

她很會裝熟，會無視他人的狀況自己貼上來。

用理所當然的態度，介入了我的日常生活。

所以我的步調才會被她打亂。

「這樣根本就像是朋友嘛。」

我坐起身來，雙手抱膝。

摸了摸腳尖之後吐出一口氣。

仙台同學舔了即使同班也不曾交談過的我的腳。如果她不想這麼做，她明明可以選擇不做的，也可以選擇再也不來我的房間，她卻沒選擇那些選項。她為了得到我實在不認為她需要的五千圓，持續來我房間，害得我現在一直因為春假前那一天所發生的事情而後悔。

看著她這個只會笑臉迎人的人，在學校不為人知的一面。

原本明明就只是這種事，為什麼會變成這樣了呢？

我伸出手，拿起堆在地板上的一本漫畫。

「為什麼是第二集啊？」

我連第一集都還沒看。

我接連拿起堆在從上面算來的五本漫畫，想找出第一集，結果全都不是。我丟下漫畫，拿起手機。一打開通訊軟體就看到仙台同學的名字，我別開目光。

「對了，不知道舞香在做什麼？」

因為舞香有說她春假要去補習班，現在可能也在補習。前天我們也是等她補習班下課之後才碰面的。即使不確定她會不會回訊息，但當我想找人一起做些什麼的時候，第一個會聯絡的人就是舞香，所以我發了內容只有短短一句『我好閒』的訊息給她。

不出所料，她沒有回。

我的腦海中浮現出仙台同學的臉。

現在是春假期間，因此我不會找她來。

我們說好只在學校有上課的日子碰面，假日不見對方。不過我們沒說不能聯絡對方，所以就算我傳了一、兩條訊息給她，應該也不算毀約，但縱使沒有這樣的規定，我也沒辦法聯絡仙台同學。是我害自己無法聯絡她的。

我在放春假前一天所做的，就是這麼過分的事。

我怎麼可能在做了那種事情之後，還有臉傳訊息給仙台同學？真要說起來，我跟她之間沒有任何交集，我根本不知道該怎麼跟她搭話。

如果我沒有傳訊息給她，她就不會來這裡。

她至今為止從未主動傳訊息給我過。

我看著手機。

沒有任何人傳訊息過來。

即使沒發生任何事，我和仙台同學之間的關係，也終有一天會像被菜刀劃傷的傷口癒合一樣，消失無蹤吧。那一天可能是明天，也可能是一年後，不可能不會結束。總有一天，仙台同學將不會再來我的房間。

雖然我們之間的關係建立在五千圓上，但是仙台同學並不缺錢，所以一旦她感到厭倦，這段關係也就告終了。

打從一開始，我們之間的約定就沒有期限。是有可能會長期持續下去，也極有可能會很快就結束，沒有很明確的約定，因此即使最後像開始時那樣隨興地結束，也沒什麼好訝異的。

所以我需要爆米花和汽水。

我有必要惹仙台同學生氣，讓她不想再來我這裡，也讓我認定自己沒辦法再找她過來。

我把手機螢幕朝下，放在床上。

小時候，我媽媽也是某天就突然不見了。

我們母女之間的關係就這樣斷開，至今仍沒有復合。

就連母親都能這樣乾脆地拋棄小孩離開，跟我毫無瓜葛的仙台同學等到升上三年級，環境改變之後，變得不會再來找我，那也不是什麼奇怪的事。

我不想每天都等著一個不會來的人。

如果能有個理由讓仙台同學不想再來這裡，也讓我沒辦法再找她過來，我就不需要等待了。

只要有充分的理由，我就可以不用期望仙台同學有朝一日可能會過來，也不用害怕仙台同學有朝一日不會再過來了。

我就是為此才充分利用了爆米花和汽水，在放春假前自己斬斷了跟仙台同學之間的聯繫。於是我獲得了仙台同學不再想來，也讓我自己不能再找她過來這裡的理由，消除了等待這個毫無意義的選項。

然而我實際上獲得的，卻是一點都不舒暢的春假。

因為仙台同學待在這個房間裡的時間實在太長，讓我想在這裡再見到她。即使是現在這個並非放學後的時間裡，很會裝熟的仙台同學也持續在我的腦海裡強調她的存在。

我原本只是一時興起，想要打發時間而已。

我明明是想稍微排解內心的鬱悶。

只要坐在地板上，我就會回想起我們曾在這裡吃過巧克力、寫過作業。躺在床上，就會想起她曾在這上面躺著看漫畫、滾來滾去耍廢。我會想起這許許多多的事情，一直想著跟她有關的事。

這一切都是仙台同學的錯。

我撫摸已經不見傷痕的手指。

即使舔舐手指，也沒有血的味道。

我下床，在堆成一疊的漫畫旁邊坐下。

我隨意拿起一本翻閱之後，舞香回了訊息說『我在補習班』。

『等妳上完課要不要去看電影？』

『可以明天嗎？』

『當然好。』

我待在家就會覺得意志消沉。

出門走走可以散散心，跟舞香在一起也很開心。

我覺得要是升上三年級也能跟她同班就好了。

如果跟仙台同學也——

不對。

跟她同班也沒什麼意義。

畢竟仙台同學真的生氣了，不會再來我房間。既然事已至此，再怎麼想她也無濟於事。

我明明是這樣想的，她卻仍在我的腦海中，揮之不去。

比方說，如果我們同班，我就一如往常地找她過來。

要是我們不同班，就到此為止。

倘若可以做出這樣的決定，我的心情或許會平靜一點。

雖然就算我找仙台同學過來，她應該也不會再來了。

我的內心深處躁動不已。

可是我現在也無計可施。

『我們要約哪裡？』

舞香傳了訊息給我。

我輸入了和前天一樣的地點後，傳送訊息出去。

◇◇◇

春假不算長。

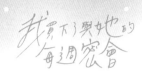

總是轉眼間就結束了。

儘管如此，今年我卻覺得春假格外漫長。明明度過了一段和以前一樣的假期，我總覺得時間一直停滯不前。

遙遠的四月終於到來，新學期開始。

升上三年級的我有一點緊張。

前往學校的腳步沉重無比。

雖然我不曾在學校跟仙台同學說過話，但我不知道該怎麼樣面對她。同時也因為四月會重新分班，我也不知道自己是否能見到她。

我的心情無法平靜下來，一直很忐忑不安。

透過張貼在樓梯口前面的名冊，可以知道自己被分到了哪一班。

穿過校門，稍微往前走一段路之後，就能在人群的另一側看到一張不算大的白紙。我先低調地深呼吸之後確認名冊內容，發現自己的名字混在一些熟悉的、陌生的名字當中。但是裡頭沒看到仙台同學的名字。

我並沒有抱著期待。

也沒有因此感到失望。

我在心中嘀咕著，轉身走向此時已經畢業的學長姊們過去使用的校舍。打開新班級的教室門後，我便看到春假期間碰過好幾次面的舞香在裡面。

「志緒理，這邊！」

我舉手回應喊我的舞香，往她的座位走去。舞香把比我長，但是比仙台同學短的頭髮紮成一束，看起來跟春假時沒什麼不同。看著不像仙台同學那樣會上妝的她，令我安心許多。

「早啊。」

「早。我還在想說要是跟志緒理不同班的話該怎麼辦呢。」

「我也是。」

「妳有看到嗎？今年亞美也跟我們同班喔。」

一年級跟我們同班，升上二年級時卻被分到不同班的白川亞美的名字也在名冊上。我想跟她分享一下再度同班的喜悅，便在班上尋找起她的身影，卻沒見著她。

「我有看到。亞美還沒來嗎？」

「好像還沒。」

「這樣啊。」

既然亞美不在，教室裡面就沒什麼我要找的人了。儘管如此，我的雙眼還是想找到仙台同學的身影，但我根本不可能找得到。畢竟她的名字不在名冊上，她要是出現在這間教室裡那就奇怪了。

「喔，妳有想跟誰同班嗎？」

舞香模仿我在教室東張西望的動作，看了周遭的座位一圈。

「沒有啊。」

「咦～妳剛剛明明就在找人。該不會是跟心儀的對象同班了吧？」

舞香故意調侃我。

「我不是在找人，也沒有心儀的對象啦。我只是想看看班上同學是些怎麼樣的人而已。」

「很可疑喔～」

「一點都不可疑啦。」

保險起見，我又對用狐疑眼神看著我的舞香說了一次：「真的沒什麼啦。」之後，輕輕呼出一口氣。

既然不同班，我跟仙台同學的關係就到此為止。

我覺得自己應該要遵從春假時所想到的「小賭局」。

仙台同學之所以會來我家，是在單純的偶然加上一時興起所造就的結果。偶然和一時興起都不是會長久持續下去的東西，所以我應該利用分班來做個了斷。爆米花和汽水就是為此而存在的。

我之所以會覺得有些憂鬱，應該只是因為教室裡看不到之前還理所當然會出現的熟面孔，沒有什麼更深的含意。這也不是什麼討厭的事，不構成我找仙台同學的理由，我也沒辦法叫她來我家。

亞美走進新的教室，在那之後又過了一會兒，老師進來了。聽完老師講的催眠內容，熬過開學典禮之後，新學期的第一天很快就結束了。

雖然舞香和亞美約我去其他地方逛逛，但我婉拒了，直接回家。

我穿著制服躺在床上滑手機。仙台同學的聯絡方式還留在這個小小的物體裡，可是我已經用不到了。

她一定很快就會忘記分到別班的我，只要我忽視那股隱隱約約、一點一滴地刺著我心臟一帶的某種感覺，時間便會逕自流逝。

第一學期開始後經過了幾天，有發生幾件討厭的事情。雖然我曾反射性地伸手拿起手機，但也就只是這樣。我很快就不再看手機了。

因為分到不同班而變得疏遠是常有的事。

只要稍微想一下，就能找到仙台同學不再來我家的原因。而且追根究柢，是我自己主動疏遠她的。所以我可以接受這個結果，也不會等待她的出現。

又過了幾天，我拿起她第一次來我房間時，我要她朗讀的那本漫畫。

我想起那天，我本以為她會很順暢地朗讀出來，結果她卻唸得超級死板的事。我在書櫃前面隨便翻了幾頁，這句台詞她唸得很小聲、唸那句台詞時則是一副難以啟齒的樣子，諸如此類的回憶湧上心頭。

我嘆了一口氣，坐在床上。

我闔上漫畫，放在枕頭邊。這時候門鈴響了。

今天應該沒有宅配會送貨過來，也沒人說好會來訪。既然如此，在大廳的多半是推銷員之類的人。反正不是需要特地去應門的對象，我便放著不管，打開了電視，可是門鈴又接著響了好幾次。

真不死心耶。

我不想為此跑去用監視螢幕確認大廳的狀況，於是把電視音量調得更大聲，結果這次換成手機響了。那是收到訊息的通知聲。我從桌上拿起手機，一看畫面，上頭顯示著仙台同學的名字和訊息內容。

『快來應門。妳在家吧。』

從訊息內容可以得知，按門鈴的是仙台同學。

我下意識地看了大門的監視螢幕一眼，又看了一次手機。

我傳送訊息，仙台同學回覆。

雖然我們沒有說好一定要這麼做，但這已經變成一種潛規則了。所以至今為止，她從來沒在我傳訊息給她之前主動傳訊息給我，也沒像這樣擅自跑來我家過。在我茫然地看著手機螢幕時，一條新訊息傳來。

『我有事找妳，妳快點應門啦。』

我假裝沒看到訊息，放下手機後，門鈴又再度響起。門鈴像是有小學生在惡作劇那樣響了好幾聲，我關掉電視起身，來到對講機前，看到監視螢幕上顯示出仙台同學的身影。可是我想不到在我沒有叫她的情況下，她有什麼事情需要特地來找我。

「妳來幹嘛？」

我透過對講機跟她通話。

「妳有看到我傳的訊息吧？我想要妳幫我開門。」

久違地聽到仙台同學的聲音，讓我的心「噗通」地跳了一下。

不過我沒打算要幫她開門。

「我不要。」

「我有東西要還給妳，開門啦。」

「有東西要還我？」

「對。所以妳快點開門。」

仙台同學語帶不耐地說道。

儘管如此，她臉上的表情仍舊沒變。或許是因為人在外面吧，她感覺還是在學校的那個仙台同學。

「妳要還我的東西是什麼？」

「妳之前借我的衣服。我洗好了。」

聽到她說借她的衣服，我這才想起來。

用汽水淋濕她襯衫那天，我拿了一件衣服給她換上，讓她穿回家。沒錯，並不是借，而是直接給她了。我也毫無疑問地有跟仙台同學說過那衣服就給她。

雖然她似乎不打算收下，有宣告說：「我會還給妳。」

仙台同學無謂地老實，有點難搞。我不想收下已經說要給人的東西，也不想收回自己之前說過的話。

「我不是說了妳不用還嗎？而且我今天又沒叫妳過來。」

「就是因為妳沒找我，我才來的。」

「為什麼？」

「我不喜歡一直欠著人家東西不還。」

仙台同學斬釘截鐵地說。

如果是送東西給她的朋友茨木同學，茨木同學肯定會直接收下，可是仙台同學似乎不是那種類型的人。我在書店打算給她五千圓的時候，我們也因為她堅持要還錢而僵持不下。

「我之前也說了，那件衣服就送給妳，不用還我。」

仙台同學應該不會這麼輕易就接受。

有夠麻煩的。

就算繼續講下去，我們應該也找不到一個雙方都能接受的妥協點，所以我打算掛斷對講機。可是在我結束通話之前，仙台同學說出了我意想不到的話。

「那妳命令我啊。」

「……咦？」

「我說，妳只要命令我就好了。」

「我不懂妳在說什麼。」

「我不能毫無理由地收下妳的衣服。所以妳如果堅持要給我，那妳只要命令我收下就好。要是妳不想這麼做，那就把這件衣服當成五千圓，像平常那樣命令我做什麼事。」

仙台同學說得一副若無其事的樣子。

我之前的確是以五千圓為代價，獲得了命令她的權力。如果從這個角度來思考，用衣服當代價來命令她，也不是什麼怪事。可是我也不想因為她叫我命令她，我就乖乖照做。

「為什麼我非要為了區區一件衣服命令妳啊？我都說要給妳了，妳乖乖收下就好了啊。就這樣，妳快回去。」

「我回去之後就不會再過來了喔，這樣好嗎？」

我叫住仙台同學。

透過對講機傳來的並非充滿自信，而是不僅煩躁，甚至像是在生氣的聲音。

「居然特地跑來要我命令妳，仙台同學妳是變態嗎？」

妳快回去。

明明是已經說過一次的話，我這次卻說不出口。

「沒妳變態。所以妳要命令我收下嗎？還是要命令我做別的事？」

她把選擇權推給我。仙台同學照理來說應該看不見我才對，但她正隔著監視螢幕凝視著我。

我承受不了仙台同學沒來由地再也不來我房間這種事，所以才在春假前幫她製造了一個可以不用再來的理由。然而她現在卻出現在對講機的另一側。

要趕走仙台同學很容易。

可是她一旦回去，就不會再來了。

「——我幫妳開門。」

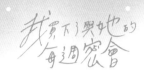

我不知道仙台同學到底想幹什麼，但她畢竟來了。

所以我才讓她進房間。

不是想要挽留她。

「謝了。」

仙台同學說完，身影便消失在監視螢幕裡。沒多久後門鈴響起，我打開大門，就看到仙台同學站在門外。她在脫掉鞋子之前，先提起了一個紙袋給我看。

「這個，妳打算怎麼辦？」

仙台同學這話彷彿是在向我確認。

紙袋裡裝著那天我拿給她的衣服，果然還是得由我來選擇該怎麼處置它。仙台同學在等待我的答覆。

「妳是來聽我命令的吧？別管衣服了，先進來。」

我沒有接過紙袋就轉身，身後傳來關門上鎖的聲音。

「妳就當是這麼回事吧。」

我聽到這不輕也不重的語調，像是要拋下她似的逕自走向房間。身後理所當然地傳來了腳步聲。我打開房門後，仙台同學也跟著鑽了進來，然後坐在她總是霸占著的床上。

「妳的房間都沒變呢。」

在那之後還過不到一個月，仙台同學卻說得感慨萬千，像是一年沒來了一樣。

「又沒必要做改變。」

「說得也是。」

她說得像是隨風飛舞的花瓣那樣隨意，拿起放在枕頭旁邊的漫畫。

「這是那時候的漫畫吧。妳在看？」

早知道就先收起來。

我很懊悔，我居然把她第一次來這裡時，我命令她朗讀出來的漫畫就這樣放在床上。可惜為時已晚。

「我在看又怎樣？」

「不怎樣啊。」

仙台同學雖然沒有笑出來，但說話的語調比方才高了些。

八成是覺得這件事很有趣。

我就討厭她這一點。

「是說啊，明明開學了，妳為什麼過了一週都沒找我過來？」

一副若無其事的樣子。

仙台同學翻著沒打算認真看的漫畫，開口問我。

「之前也有過隔了那麼久都沒找妳的狀況吧。」

「可是不管是暑假還是寒假，假期結束後妳都會馬上叫我過來喔？這次不一樣，一定是有什麼原因吧。」

「因為升上三年級了。」

我說出不算正確，但也不能算錯的答案。

「妳有去補習嗎？」

「……沒有。」

我沒打算去補習。

畢竟我沒那麼喜歡念書，也沒有無論如何都想上大學的念頭。要是能隨便考上一間大學那就去念，真的考不上就到時候再說。

我不知道仙台同學是否接受了我的理由，她「嗯哼～」了一聲，闔上本來在翻閱的漫畫。

「妳是不是跟宇都宮同班？」

「是啊。」

我沒跟仙台同學說過我和舞香分在同一班，也沒機會跟她說。儘管如此，她還是知道這件事，就表示她在開學那天，有可能特地從名冊裡找出了我的名字。

不對，我現在在二班，仙台同學在三班，更有可能是她在找自己的分班時，剛好看到了而已。

我從仙台同學手中搶過漫畫。

那些事情都不重要。

我想趕走盤據在腦海中的多餘思緒，將漫畫放回書櫃。

「沒有跟我同班，妳很失望吧？」

我看著整齊地排在架上的書，聽見像在調侃我的聲音。

「沒有。」

「是喔？我有耶。」

我因為這毫無分量的聲音回頭，只見仙台同學燦然一笑。

「妳就會騙人。」

「我才沒騙妳呢。」

她非常刻意地說完後，來到我身邊，從書櫃裡抽出一本漫畫。我拿走那本漫畫，放回原本的位置後，開口問她。

「妳剛剛要我命令妳，所以不管我下什麼命令都可以吧？」

「妳怎麼事到如今了還問這種事？」

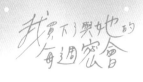

「畢竟今天不是付妳五千圓，還是確認一下。」

「照之前那樣就行了。」

仙台同學臉上掛著跟春假前沒什麼不同的表情說道。

我看了看窗外，天空已經染上了一片紅。鄰近的住宅和幾戶之外的大樓也和天空一樣，被抹成了紅色。

時序入春，白天變得比冬天時稍微長了點，我也沒再開電暖器了。仙台同學還穿著制服外套，她不覺得熱嗎？我拉上窗簾，隔開這個房間與充滿夕陽色彩的世界。然後開燈，坐在床上。

「妳坐那邊。」

我指了指床鋪前面，仙台同學便依照我的指示坐在地板上，抓住我的腳。

「要我脫掉妳的襪子，然後舔妳的腳，對吧？」

「妳很清楚嘛。」

「宮城妳就喜歡下達這種命令啊。」

「不是我喜歡，只是沒有什麼其他合適的命令好下。」

「嗯哼～？」

仙台同學用狐疑的眼光看著我，我催她：「動作快。」並踹了她的肩膀一腳。

「反對暴力。」

「這才不是暴力。」

我原本以為她會反駁我，但她只是默默地抬起我的腳，褪去襪子，用手捧著我的腳跟。仙台同學呼出的氣息吹在我的腳尖上，溫暖且柔軟的觸感隨之而來。

她抵上來的舌頭濡濕了我的腳趾。

緩緩朝著腳背滑上來的舌頭雖然有點噁心，可是看著仙台同學在舔我腳的模樣，讓我覺得心情很好。

我不清楚三班的狀況。

但我想她在隔壁班也一定屬於權力階層的上層，和跟她同班的茨木同學過著開心的校園生活。那樣的她現在卻在舔我的腳。

她用舌尖抵著我。

我比以前更能從皮膚上感覺到仙台同學的體溫。我們散發出的熱度相互衝擊、交融，化為我的一部分。舌頭滑向腳踝。明明沒有開電暖器，房間裡卻有點熱。我鬆開領帶，她用力地吸吮著接近腳踝的位置。

有別於舌頭的感觸讓我握緊了床單。

「仙台同學，我不喜歡妳這樣。」

她的唇在我說出這句話的同時退開，接著突然咬了我的腳拇趾。

「好痛。」

牙齒陷入肉裡。即使如此，她還是沒有鬆口。

雖然不像手指被門夾到的時候那麼痛，仍有一股強烈的痛楚刺激著我的腳。

「仙台同學，住手。」

她緩緩地鬆開咬著我腳拇趾的牙齒，痛楚逐漸消逝，然後改用柔軟的舌頭慢慢地舔舐。濕濕地貼上來的舌頭，果然還是有點噁心。可是我並不排斥仙台同學的體溫。

從腳尖傳來的觸感占據了我的意識，一股熱氣累積在腹部。總覺得連我呼出的氣息都變熱了。這感覺不太舒服，所以我拉了拉她的瀏海，要她停下來。

「仙台同學，妳打算來我家到什麼時候？」

「天曉得？至少在畢業前都會來吧。畢竟我們應該會上不同的大學。不過妳叫我別來的話，我就不會再來了，所以妳覺得我不要來比較好嗎？」

仙台同學抬起頭，用非常正經的口氣說道。

妳來。

如果我這樣說，直到畢業前她都會來。可是我不想拜託她來，所以放開抓著她瀏海的手，說出毫無關連的話。

「妳要上大學？」

「妳不上嗎？」

「我不知道。妳打算上哪所大學？」

「還沒決定。」

她是不想告訴我志願大學是哪一所嗎？

還是真的還沒決定呢？

我還無法釐清她的想法，對話便就此中斷。

我看了看遮住夕陽的窗簾一眼，發現窗外透進來的光線變弱了。

仙台同學的手指摸著我的腳踝，像是在排解無聊。腳跟被她輕輕撫過，讓我的腳抽搐了一下。我輕輕踢了她的大腿一腳表示抗議後，仙台同學開口。

「宮城，我跟妳說，我不喜歡喝汽水。」

仙台同學在我意想不到的時間，講出了出乎意料的事，害我反射性地「咦？」了一聲。

「妳現在才說這種話會不會太遲了？」

「因為我一開始沒想到會這樣長期到這裡來啊，結果就錯過說的時機了。」

「……我下次也會拿汽水給妳。」

「嗚哇，妳這人有夠惡劣。」

「吵死了。話講完了，舔我的腳。」

仙台同學的唇貼上我的腳背，發出微弱的聲音。

舌尖滑過皮膚。

兩人的體溫交融，進入我體內。

她的熱度在我體內逐漸累積。

濕潤的舌頭滑過，朝著腳踝移動。

這感覺果然還是有點噁心。

幕間 宮城還不存在時的我

個子算高，還是矮？
會遵守決定好的事項，還是不會？
雖然有很多方式可以將人們二分開來，不過我今天想把人分成認識的人，跟不認識的人兩種。
從一年級升上二年級。
由於升學年和重新分班這個四月的大活動，我們在無關個人意願的情況下，被分到了新的班級裡。
剛升上高中二年級的我，在張貼於樓梯口的名冊上尋找自己的名字「仙台葉月」，並在同班同學裡看到了茨木羽美奈這個名字。我不是會怕生的人，所以跟誰同班都無所謂，但是能看到可以分類在「認識的人」裡面的名字，還是比沒有好。更別說羽美奈的名字是個有出現比較好的名字，我覺得能跟她同班很幸運。
只要有她在班上，我應該就能度過跟一年級差不多的日常生活。這樣我在班上的立場不

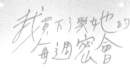

會有什麼大幅變動，想必能夠過著還算是輕鬆愉快的日子。

我確認好一些比較熟識的朋友分別在哪一班之後，前往教室。

剛放完長假後的學校總有種靜不下來的感覺。到處都會傳來還在留戀假期時光的學生聲音，有些人甚至像是把半個自己都忘在家裡似的心不在焉。或許是因為今天有不熟悉的教室和陌生的同學在等著自己，也能聽到混雜著期待與不安的聲音，校內籠罩在一股特殊的氛圍下。

我穿過吵雜的走廊，打開新教室的門。

我往裡面看，亮眼的咖啡色頭髮立刻映入眼簾。

是羽美奈。

她不論在哪裡都很醒目。

畢竟是她本人刻意想引人注目的，不醒目她才傷腦筋，不過像她這樣能夠去實踐自己想做的事也是一種才能。儘管我跟她多少有些合不來的地方，但我認為她在這方面的特質很了不起。我想這個班級也會以羽美奈為中心運轉吧，跟一年級的時候一樣。

我邁開腳步，打算走到羽美奈身邊。

一步、兩步、三步。

正當我打算穿過桌子與桌子之間時，聽到一道悲喜交加的聲音傳來。

「雖然能跟舞香同班是很好……」

「沒想到只有亞美跟我們不同班。」

我瞥了一眼，是兩個跟羽美奈完全不同類型的女孩子。

分班就是這樣悲喜交加的事。

既然會高興能和某些同學同班，也會因為和某些同學分到了不同班而傷心。

看來她們跟要好的朋友分到了不同班，沒辦法單純地感到高興，露出了難以言喻的複雜表情。我也不是不明白，如果三人團體之中只有一個人分到別班，剩下兩個同班的人很難開心起來的心情。

雖然明白，但也無可奈何。

我跟那些女生沒有熟到會特地過去打招呼的程度。要說她們該分在認識還是不認識的人裡，應該算是不認識。不過我得記住班上同學的名字，所以還是先記下了她們的長相。

我動起停下的腳步，向羽美奈打招呼。

「早啊。」

「啊，葉月！今天開學典禮結束之後，大家一起出去玩吧。」

羽美奈被認識的人跟不認識的人包圍著，在打招呼的同時直接告訴我放學後的安排。我心想著她就算上了二年級還是沒變，開口問她：「已經決定好要去哪裡了嗎？」

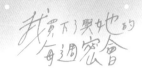

「我們正在說要等妳來了之後再決定。不過在那之前，跟我講一下那件事情怎樣了吧。」

「哪件事情？」

「就是妳跟正木同學怎麼樣了啊？」

這個不太想聽到的名字讓我在心裡嘆了一口氣。

我雖然早有心理準備，今天一定會被問到跟他有關的事情，但我沒什麼好報告的。

「什麼怎麼樣？」

我用沒發生任何事的態度反問她。

「正木同學應該有聯絡妳吧？」

春假期間，那個我既沒見過、也沒講過話的對象確實有聯絡我。但是我沒跟他說過我的聯絡方式。

是羽美奈告訴他的。

羽美奈是告訴他之後才跟我說起這件事，也沒有事先徵求我的同意，不過這也不是第一次了，過去也發生過好幾次類似的事。羽美奈沒有惡意，也覺得自己這樣做沒什麼不對。幫別人介紹有機會成為男友的對象，對她而言就像是在做功德，她很喜歡用這種方式來關照朋友。只是對於不想交男友的我來說，這些多餘的善意只會給我添麻煩。

「他是有聯絡我，但也就只有這樣。」

「咦？你們沒有一起出去玩嗎？」

「沒有。」

「為什麼？」

「我覺得跟他聊不來。」

「這種時候只要隨便附和他一下就好了吧。只因為聊不來就不一起出去玩，妳不覺得太浪費了嗎？」

「聊不聊得來很重要吧。」

「不重要啦，妳標準放太高了。我就說妳應該適度妥協，趕快交個男朋友。要我幫妳介紹多少個男生都行。」

「別管我了，倒是羽美奈妳跟男朋友的狀況怎麼樣？」

我隨便帶過這有點煩人的話題，提起羽美奈從一年級時就開始交往的男朋友。

「啊～對對對。我跟妳說，發生了讓人很不爽的事耶。」

聽到羽美奈這番話，「是什麼事讓妳不爽？」有人這樣接了話。我一邊聽著她們交談，一邊環顧教室內。

教室就像可以觀察、比較每個學生的低級水族箱。

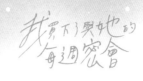

從分班第一天開始，便能明確看出學生間勢力關係。

像羽美奈這種高調的魚，身旁不會有低調的魚存在。只有跟她一樣醒目的魚，或是像我這種因為跟她在一起可以嚐到甜頭的魚會在她身邊。

不過這裡不像大海的生態環境，強大的魚不會去吞噬弱小的魚。

大家會避免衝突，高調的魚和低調的魚都能游在水槽裡。

這個保持著絕妙平衡的水槽，待起來其實也沒有那麼不舒服。雖然把班上同學拿來分類說起來實在有點沒品，我也不太喜歡這麼做，可是只要確保自己的立場，就能安然自得地悠游在水槽中。一旦接納家人不願意接受的自己，顧好人際關係，就能過上還算舒適的學校生活。比起勉強自己不斷努力好多了。

「聽說那間店的水果三明治很好吃耶。」

我聽到羽美奈興奮的聲音，將目光轉回去。

話題不知道什麼時候已經從男朋友，變成了由於水果三明治的切面色彩繽紛又漂亮而大受好評的店家。

「開學典禮結束之後，我想去買粉底，然後順便繞去那家店耶。」

放學後的行程因為羽美奈這句話而被化妝品和甜點給填滿。我笑著配合她的話，回了句：「ＯＫ。」

雖然時間到了，水槽裡面的魚仍得回到名為家的另一個水槽裡，但要是能盡量延遲回去的時間，那便再好不過了。只有名為家人的人偶等著我的那個家，對於沒辦法成為跟優秀姊姊同樣人偶的我來說，實在不是什麼好地方。

「啊～開學典禮好煩喔，乾脆蹺掉好了。」

羽美奈說出不值得讚許的話。

「今天很快就放學了吧。」

「是這樣沒錯，但我就不想參加嘛。葉月妳也蹺掉別去吧。」

「要是被老師盯上也很麻煩啊，所以我還是會去。」

我不想在開學第一天就做壞事，以後也不打算做。我只想盡量避免因為不守規矩而引人側目的狀況發生。

上課鈴聲響起，我回到座位。

倘若想跟一年級時一樣，和高調的魚一起享受還不錯的高中生活，第一印象就很重要。不該特地去做會讓老師留下壞印象的事，與老師為敵也是一點好處都沒有。

從今天開始，我又要度過一模一樣的日常生活。

恐怕到我高中畢業之前都是這樣。

沒有任何變化的世界，既自由，也不自由；既快樂，也很無聊。即使如此，我還是很滿意這沒什麼不好，就是有一點點悶的日常生活。雖然我也曾想過，要是生活中能有些刺激也不錯，不過那些不請自來的狀況，大多是些不懂得客氣，又令人不悅的事。我期望的那種適度的刺激幾乎等於不存在。

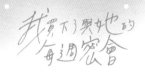

所以還是不要有什麼改變比較好。

一模一樣這件事情本身就具有它的價值。

我並不想過著不同於現在的日常生活。

我想應該是這樣吧。

Profile

仙台葉月

・身高：163cm

・生日：8月23日

開朗又相當懂得處事之道的女高中生。在校內權力階層居於上層內偏下的位置，在班上算是引人注目，很受歡迎。另一方面，在家裡因為會被拿去跟優秀的姊姊比較，所以沒有容身之處。擅長配合他人。外表看起來雖然很隨便，本性卻是個認真的好孩子。

memo

第6話 宮城太隨興了

我抱著相當不滿的心情與勇氣前往宮城家的那一天，是我們之間第一次沒有五千圓的交易。從她家帶回來的衣服，被我收進了上頭擺著存錢筒的五斗櫃裡。

雖然我覺得能把這件衣服還給她是最好，但是這件衣服既然變成了她命令我的代價，那也沒辦法。就跟那些五千圓一樣。我沒打算要穿這件衣服。

可是特別的只有那一天。在那天之後過了幾天，今天我又一如往常地收下了宮城的五千圓。

然而也有些事情改變了。

宮城不再端出汽水給我，改成麥茶了。而且她也變得比較願意跟我聊天。

我知道她為什麼會改拿麥茶給我，卻不清楚她為什麼會想跟我聊天。不過有聊天確實比兩人一直沉默不語來得開心。

「那本書很無聊。」

總是突然低聲拋出一句話的宮城又喃喃說道。坐在床上看戀愛小說的我抬起頭。

「會嗎？我覺得還不錯耶。」

「而且最後又不是好結局。」

「等一下，妳這樣不是在洩漏劇情嗎？我才剛開始看耶。」

「又沒關係。」

「有關係。」

我們這種不自然的聊天實在沒什麼內容可言。可是看著宮城主動跟我搭話，我有種本來不親人的野貓，現在變得願意讓我摸摸頭的感覺。

這段關係是從初夏時開始的，所以已經過了半年多。

儘管花了一段時間，但我總算得以接近這隻戒心很強的野貓。我不清楚這樣能否算是成功馴服她了，心中仍是感慨萬千。

即便如此，洩漏劇情還是不可原諒吧。

我闔上看到一半的小說，放在枕頭邊。然後拿走宮城正在看的漫畫，翻身躺回床上，還因為她沒有開口抱怨，就恣意翻起了漫畫。這本雖然不是第一集，但我已經看過這套漫畫好幾次了，所以不介意。我看了三分之一左右時，原本背靠著床鋪席地而坐的宮城站了起來。

「仙台同學，陪我玩遊戲。」

「遊戲？」

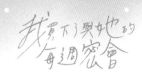

我放下漫畫，看著宮城。

「沒錯，這個。」

宮城從我至今未曾看她打開過的電視底下拿出某樣東西，回過頭來對我說。她手裡拿著一個封面上有Q版汽車圖案的遊戲外盒。

「這個自己玩也沒意思。」

宮城這樣說，手上拿著的八成是賽車遊戲的遊戲片。她稍微挪開小桌子，騰出一個空間。

我之前曾經問過宮城玩不玩遊戲，她說她不玩那種有很多帥哥會追求女主角的遊戲，但也沒告訴我她會玩些什麼遊戲。她現在拿在手上的遊戲，或許就是那個問題的答案。可是宮城看起來也不像是愛玩賽車遊戲的人。

真是意想不到。

儘管我也不知道她要拿出怎樣的遊戲，我才會覺得比較合理，總之我很肯定宮城給我的印象不是會玩賽車遊戲的類型。不過有個知名的角色和車一起出現在遊戲外盒上，所以她有可能是喜歡那個角色，而不是賽車遊戲。

「那是要開車競賽的遊戲嗎？」

「沒錯，是要一邊妨礙對手，一邊朝終點前進的遊戲。」

「我是不太了解，但是這種遊戲應該可以連線對戰吧？」

「……不想玩就不要玩。」

宮城語氣不悅地說，打算把拿出來的遊戲給收回去，讓我一時亂了手腳。

能拿來消磨時間的東西變多，我是再歡迎不過了。我喜歡小說和漫畫，但偶爾也想做點不一樣的事。

「我不是不想玩，是不知道怎麼玩。」

我下床坐在地板上。

「我現在教妳。」

宮城打開遊戲機電源，來到我身邊，開始指導我。可是遊戲的操作比我想像的更為複雜，我沒辦法全部記住。而且宮城可能是講解到一半就開始嫌麻煩了吧，她的說明變得簡略很多。我在這時打斷了她的話。

「對了，我現在有在上補習班，有時候可能會沒辦法來。」

「補習班？」

「畢竟是考生嘛，唉，這也沒辦法。」

我父母只想要像姊姊那樣優秀的小孩。如果能考上家人期望的大學，我想自己就能過著跟小時候一樣的生活。

大學學測是我回歸家庭的最後機會。

可是在此同時，我心中也有種家庭那種東西根本無所謂的念頭。畢竟我考不上家人期望的學校，即使考上了我也不想去讀。不過我還是在家人準備給我的補習班報名表上，填上了自己的名字。

——明明到了現在才去補習，也不會有什麼改變。

我背靠著床鋪，仰望天花板。

和自己的房間顏色不同的壁紙看起來格外地熟悉。

「沒差，妳就算比較晚才過來，我也不介意。」

宮城用聽不出情緒的語調說。

「因為補習班很晚才下課，可能沒辦法。要是我去完補習班才過來，大概得拖到快半夜才能回家了。」

「那妳要去補習的話，就隔天再來。」

「好。」

我這樣回答之後，宮城也結束說明，開始遊戲。可是我的車完全不照我的想法移動。在車子右轉之前，我自己的身體就會先往右傾。左轉也一樣。我想要直線衝刺，車卻開得歪七扭八，馬上就被宮城給追過去了。

超不爽的。

這絕對不是我的問題，都是車子不好。

而且宮城很壞。

她會丟香蕉皮或類似炸彈的玩意兒來妨礙我。拜此所賜，每一場都是宮城獲勝，我完全贏不了她。

「宮城，妳讓我一下啦。」

「不要。」

「我是初學者耶。」

「我知道。」

「啊～不玩了啦，我要休息！根本贏不了，不好玩。」

我在比賽途中就丟下了控制器。在這段時間裡，宮城的車仍持續在畫面內奔馳，最終拔得頭籌。

「仙台同學，妳太廢了吧。」

完全不留情面的宮城放下控制器，伸展雙腿。

雖然不到滔滔不絕，可是宮城今天真的比較多話。我不知道她通常都跟宇都宮聊些什麼，但可能就是這樣平常地聊天，再加點親和力的感覺吧。

明天搞不好會下雪喔。

我一邊想著這種失禮的事，一邊看了看前所未有地多話的宮城。即使升上了三年級，她也沒什麼變。沒有化妝，制服除了裙子稍微短了一點之外，基本上都有遵守校規。

要說這樣是在打安全牌，那確實是很安全。

她踩在一條不會被老師關注的界線上。不過我覺得就算裙子再短一點，老師應該也不會盯上她。

大概這種長度吧。

我擅自拉了拉她的裙子，發現膝蓋上方約十公分的位置有一塊瘀青。

「妳突然幹嘛啊？」

宮城整理好被我拉上去的裙子，瞪了我一眼。

「妳腳上有瘀青。」

「是在學校撞傷的。」

「會痛嗎？」

我邊問邊戳了戳她腿上的瘀青。然而她馬上撥開了我的手。

「不會痛，但說不定會痛，妳居然還動手去戳。」

「我忍不住想戳。」

「妳有空戳我的話，就繼續玩啊。」

宮城一臉不滿地把控制器遞給我。遊戲本身是滿好玩的，但是我連一次都贏不了可不好玩。應該說我不想再輸了。

我在思考有沒有什麼方法能讓宮城分心時，想起了一件事。

「宮城，妳知道用檸檬敷在吻痕上，能讓吻痕更快消失嗎？」

「我不知道。不過妳這是經驗談嗎？」

宮城顯然是基於「仙台同學看起來清純其實玩很大」的錯誤傳聞在問我，所以我也明確地否定了她的說詞。

「我沒有那種經驗。是羽美奈說想要消除吻痕的話，只要用檸檬敷在上面就好了。」

「難道妳想叫我用檸檬敷這塊瘀青？」

「畢竟這種瘀青算是內出血。而吻痕也是一種內出血，所以我想應該有效吧。」

「我覺得沒用。而且茨木同學的吻痕，真的因為敷過檸檬就提前消失了嗎？」

「她本人是說消失了啦，但是放著不管也遲早會消失吧。據說熱敷或是冷敷也有效，妳要不要試試看？」

「這瘀青兩天前就有了，也不需要現在才來處理它。」

宮城一副嫌麻煩似的說，放下控制器，喝了一口跟麥茶一起端進來的汽水。她原本想繼續玩賽車遊戲的心情不知道上哪去了，只見她關掉了遊戲主機。

我總算可以擺脫在賽車遊戲中接連落敗的角色，拿起剛才看到一半就那樣放著的漫畫。不過我連一頁都還沒看完，宮城便拍了拍我的肩膀。

「我們來實驗看看吧。」

「實驗？」

「對，實驗。仙台同學，妳先脫掉制服外套。」

宮城的聲音聽起來躍躍欲試，讓我有種不好的預感。

「這是命令嗎？」

「對，快脫。」

宮城以不由分說的口氣說道。

我是不介意脫掉制服外套。我之前也在這個房間裡脫掉過好幾次。可是從沒在宮城的指示下脫掉外套過。

「我想先問一下，妳想做什麼實驗？」

我大概猜得到她命令我脫掉制服外套之後，接著打算做些什麼。而且假設一切真如我所猜測，那我不太喜歡那樣，也覺得那不適合我和宮城之間的關係。所以我才想先確認實驗的內容。

「妳脫了制服外套，我就告訴妳。」

她果然會這樣說。

我輕輕嘆了一口氣。

如果她是會老實告訴我自己打算要做什麼的人，就不會下達這種命令了。正因為她心懷不軌，才要刻意隱瞞我。不過這項命令本身並沒有違反我們之間的規矩，所以我乖乖脫掉了制服外套，放在床上。下一道命令接著傳來。

「捲起袖子。」

解開襯衫胸前的釦子。

我以為她想做實驗的位置會讓我聽到這個指示，但看來是我猜錯了。

「所以妳為什麼要我捲袖子？」

我大概料想得到宮城想做什麼，還是開口問她。

「妳不是說可以用檸檬消除吻痕嗎？所以我想用仙台同學的手臂來試試看是不是真的。」

宮城有時候……不對，是有很高的機率會說出難以理解的話。

先弄出吻痕，再消除吻痕。

我雖然有猜到她想這麼做，可是完全不懂她為什麼想這麼做。

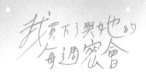

「要是實驗失敗了，我會很困擾耶。」

「如果是試在手臂上，就算沒有消失也會被襯衫遮住，沒問題吧。」

「有，問題可大了。」

在身上留下痕跡。

我跟宮城之間的關係不應該是這樣的。儘管以前有過舔對方或是被對方舔手腳，也曾經咬過對方或是被對方咬，但那些都不是會留下痕跡太久的行為。

可是這次的情況不一樣。

就算可以用制服遮住，但要是不能順利消除宮城留在我身上的痕跡，那痕跡就會跟著我一段時間。這不是我樂見的狀況。

「反正我又不是弄在這種地方，沒差吧？」

宮城隨意地摸了我的脖子。

她的指尖順暢地往下滑，落在鎖骨上。由於我原本就解開了兩顆襯衫釦子，所以她想要的話，還可以碰到更下面的位置，我便撥開了她的手。

「妳要是敢在這種地方留下痕跡，我就揍妳。」

「說什麼揍妳，仙台同學是不是忘了自己走的是清純路線啊？」

「宮城妳也跟在學校裡的形象不一樣啊。我的形象怎樣都沒差吧？」

「是沒差，但妳快捲起袖子啦。」

宮城彷彿在強調命令是絕對的，態度強硬地說道，並抓住我的右手臂。

我有理由可以拒絕。

上體育課換衣服時會被看到。

這是依循規則、不算強詞奪理的理由，應該可以說服宮城收手才對。然而我接受了她的指示，解開袖口的釦子，露出手臂。

「來，這樣可以嗎？」

我不認為跟她說這樣違反規則，就會害我們的關係就此斷絕，但宮城很隨興。本以為她想疏遠我，今天卻格外地親近。就像她的心情如此變化莫測一樣，即使她突然說再也不想付五千圓給我，也不是什麼奇怪的事。

每個人都還算喜歡，也很受老師疼愛的仙台葉月。

我還是滿需要不必扮演那樣的自己和不是自己家的地方，以及宮城這種不需要特別顧慮的對象。

「這裡好了。」

宮城自言自語似的嘀咕，按了按我的前臂——手腕和手肘之間，接近正中央的位置。

「隨妳高興。」

「不用妳說我也會這麼做。」

我知道。

我在心裡這樣回答，宮城像是打針前那樣摸了摸我前臂內側比較柔軟的位置。

慢了一拍之後，嘴唇貼了上來。

我並沒有像打針那樣馬上感到刺痛。

她的舌頭抵上來，確實且緩慢地用力吸吮著。

我沒什麼特別的感覺。被舔、被咬的時候還比較有被他人碰觸的感覺。

所以這沒什麼大不了的。

只是嘴唇和舌頭抵在我的肌膚上，也不痛。可是碰觸我的唇舌明明不可能那麼火熱，我卻覺得格外地燙。

「已經可以了吧？」

我推了推她的頭。然後在我感到方才被吸吮的皮膚回到了我身上之後，宮城抬起臉來。

「確實留下痕跡了，應該算成功吧。」

她這番話讓我垂下視線，只見手臂上確實留下了一塊小小的紅色痕跡。

那看起來跟我小時候吸自己的手臂鬧著玩時留下的痕跡沒什麼不同，也跟羽美奈脖子上的痕跡一樣。唯有它是宮城留下的痕跡這一點，跟過去的任何痕跡都不一樣。

我不禁嘆息。

我已經不是小孩子了，很清楚別人留下的這種痕跡代表著什麼意思。那是宮城會看的漫畫裡面經常出現的內容，紅色痕跡會讓人聯想到那裡去。我用手掌抹了抹手臂，像是要抹去什麼汙漬。

讓宮城主張她對我的所有權，我也很傷腦筋。

她應該沒有這種意圖，單純是我想太多，但是在身體上留下每次看到就會想起這件事的東西，實在不妥。

——我得趕快讓這痕跡消失。

我一邊用手掌搓熱手臂，一邊問宮城。

「所以妳家有檸檬吧？」

「妳看過我家冰箱對吧？」

在我來做炸雞塊的時候，的確看過她家那個幾乎沒放東西的清爽冰箱。

所以我早就料到了。

我覺得她家八成沒有檸檬。

沒錯，我本來就這麼覺得。

我用力按住宮城留下的痕跡。

「反正穿上制服就看不見了，無所謂吧？妳很在意的話，不如實驗看看妳剛剛說過的熱敷或冰敷？」

宮城一副事不關己的樣子看著我。

這讓我很不爽。

非常不爽。

我拉好襯衫的袖子，扣上袖扣。

「那妳也伸出手。脫掉制服外套，把手給我。」

「妳這是怎樣？是在命令我嗎？」

「不是命令，是拜託。」

身為收受五千圓的那一方，我沒有權力命令她。

既然這樣，我只能用拜託的方式來讓她接納我的意見。

「妳這是拜託人的態度？」

「是啊。」

「如果妳願意拿出誠意來拜託我，我是可以把手給妳啦。」

為什麼我非得低聲下氣拜託她啊？

宮城是個自己一點都不打算要當實驗品，卻打著實驗的名義，只在我身上留下痕跡的人。我覺得自己根本沒必要表現得這麼卑微啊。

想是這樣想，但我還是照她說的「拿出了誠意」。

「……請妳將手臂借我一下。」

把她也一起拖下水。

為了達到這個目的，多少得付出一點犧牲。

「妳可以留下吻痕。」

宮城乾脆地說完後脫下制服外套。接著捲起襯衫袖子，伸出手臂給我。

不對。

不是這樣。

我不是想看到她抗拒的模樣，卻也不希望她毫不猶豫地就說「可以」。我想把宮城也一起拖下水，讓她陷入和我一樣的處境，但是她自願這樣做就不對了。

這樣看起來就像是我順著宮城的想法去做，讓我很不高興。宮城應該要跟我一樣為此感到困惑、不悅，她不應該主動說出可以留下吻痕這種話。

「還是算了。」

我放下宮城捲起來的袖子。追根究柢，我們之間根本不需要出現在對方身上留下吻痕這種行為。

這些事都無所謂了。

我決定這樣想，慢慢吸氣好讓心情平靜下來。宮城卻在我呼氣之前便開口了。

「是妳要我把手臂給妳的耶？」

「因為這不是該對朋友做的事情吧。」

姑且不論目的為何，我既然會在放學後來她家，跟她共度一段時間，那宮城就算是我的朋友。雖然我也覺得這和一般的朋友有點不一樣，不過以廣義來看，她的確可以算在朋友的範圍內。

可是宮城否定了我的說詞。

「——我和仙台同學不是朋友喔。」

所以她才會這樣做嗎？

我總算理解宮城至今為止的行為了。

因為我們不是朋友，所以我在情人節送她友情巧克力時，她才會露出複雜的表情，才會叫我不要做晚餐。

她之所以會下達不尋常的命令，也是因為我們不是朋友。

既然如此，那麼……

我們之間究竟是什麼關係呢？

至少我認為宮城是朋友。儘管我們在沒有上學的日子不會見面，沒必要也不會聯絡彼此。可是我會在放學後到她家、跟她隨便聊些無關緊要的廢話，那我們就是朋友。

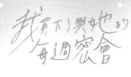

對宮城而言似乎並非如此就是了。

「我們不是朋友的話，是什麼？」

我老實地說出心中的疑問。

「妳還問我是什麼，這我怎麼會知道啊？」

宮城有些氣憤地說完後，再次捲起袖子。

「來。」

隨著這簡短的一句話，她朝著我伸出手臂。

老實說，被自己認為是朋友的人否定了彼此之間的關係，其實不是什麼愉快的事。不過仔細想想，我和宮城之間的關係，確實也不需要拘泥在朋友這個用詞上。

我們只是順水推舟，才發展成這種關係的。

我不過是對宮城這個人感興趣，想知道她會下達些怎樣的命令而已。如果碰到什麼討厭的事，我只要把五千圓還給她，結束這段關係就好了。我是抱著這種想法，才會一再來到這個房間。

我們之間的關係單薄到如果沒有那五千圓，就什麼也不是。

即使如此，跟灑了我一身汽水那天不同，今天的宮城看起來沒有要疏遠我的意思，所以我謹慎地選擇用詞，好正確表現我們之間的關係。

「我又不是宮城的情人，放下袖子吧。」

「妳這意思是說，不是情人就不能留下吻痕嗎？」

「一般來說不是這樣嗎？」

「妳明明那麼愛玩，卻會突然說出這種好像很清純的話啊。」

「不是好像，我就是清純。而且我之前聲明過了，我才沒有在玩。」

我知道宮城是故意這樣說的。不過只要她做出這種毀謗我的發言，我還是會好好糾正她。

「既然仙台同學這樣說，那就當作是這麼回事吧……可是也有既非朋友也不是情人，還是會做這種事情的人吧？」

「應該是有吧，但我不是這種人。」

「妳都讓不是情人的我在妳身上留下痕跡了，現在才說這種話太遲了吧。」

原來如此。

確實有道理。

——不不不，根本沒道理啊。

因為不是情人的宮城已經在我身上留下痕跡了，就把我丟進可以跟不是情人的對象做這種事情的人這個分類裡，這樣不對吧。而且宮城叫我在她身上留下吻痕，反倒讓我不想那麼做了。雖然原先企圖在她的手臂上留下痕跡的人是我，但是她這麼積極，我反而只會想逃跑啊。

「那我命令妳。」

宮城對不願行動的我說出我無法反抗的話。

「做出跟我剛才做的一樣的行為。」

她的語氣聽起來像是想要一個能證明我們不是朋友的證據。

我想這一定是類似踏繪（註：德川幕府禁止基督教後，要求教徒踩踏耶穌畫像等物，背棄基督教，並逮捕不從者的儀式）的儀式吧。

明確地顯示出我和宮城不是朋友的事實。

現在這個命令，就是要我做出這樣的行為。

「我知道了。」

我聽懂了她的命令，但這不代表我接受了她的說法。儘管如此，我還是抓住了她的手臂，接著微微張開嘴，將嘴唇抵在跟宮城在我手臂上留下痕跡同樣的位置上。我用像在吸氣的感覺吸起她手臂的皮膚後，傳出一道微弱的「啾」聲，在我的腦中迴盪著。

就算用舌尖碰觸皮膚，也沒什麼味道。
也沒有咬她那時候的觸感。
就像用吸管喝鋁箔包飲料一樣，只是吸吮著。
嘴唇接觸到的皮膚有些冰涼，很柔軟。
觸感還不錯。我又稍微加重了力道，把嘴唇壓上去，一鼓作氣地吸氣。當我連牙齒都抵上她的皮膚，彷彿要咬她的手臂時，宮城一把抓住我的肩膀，我抬起頭。
「比想像中還紅呢。」
我順著宮城這句話看向她的手臂，那兒有著一塊宛如花瓣的紅色痕跡。
「妳打算怎麼辦？」
我用指尖按著自己弄出來的痕跡。
「不怎麼辦，就放著。反正遲早會消失。至於仙台同學妳不如對外宣稱是男朋友留下的吧。」
「不要，我又沒有男朋友，說了反而會造成誤會。」
明天沒有體育課，不需要在學校換衣服，所以應該不會有任何人指出宮城留在我手上的痕跡。雖然過幾天後有體育課，但我希望那時候痕跡已經變淡了。
「我說宮城，妳今天是不是有點怪怪的啊？」

我隔著襯衫按住吻痕。

她今天話很多，還前所未有地找我一起玩遊戲。

甚至透過命令，做出會留下痕跡的行為。

「我覺得跟平常一樣啊。」

「怪怪的啦。」

「真要這樣說，那仙台同學妳也怪怪的啊。妳之前從來沒有對我提過這種像命令的請求耶。」

「是這樣沒錯。」

「別說這些了，我可以解開這顆釦子嗎？」

宮城在毫無預警的情況下撫上我的襯衫，拉著在已經解開的兩顆釦子底下的第三顆釦子。

我對這顆釦子沒有好印象。

被她灑了滿身汽水那天的事浮現在腦海中，我不禁皺起眉頭。

「絕對不行，妳想幹嘛？」

「我想在這裡也留下痕跡。」

宮城說完後放開釦子，用手指戳了一下鎖骨下方，且離鎖骨有一段距離的位置。

「我不是說過妳要是在這種地方留下痕跡，我會揍妳嗎？」
「因為我覺得妳沒有那麼抗拒留下吻痕這件事啊。而且妳平常在學校只會解開一顆釦子，這邊不會被人看見吧。」
我心想，她觀察得還真仔細。
確實如同宮城所言，我在學校只會解開一顆釦子，領帶也沒打得那麼鬆。雖然沒有遵守校規，但還維持在不會被老師盯上的範圍內，所以除了換衣服的時候，應該不會有人看到宮城戳的那個位置。
但就算是這樣，也不代表她可以在那裡留下吻痕。
「不是這個問題。」
「有什麼關係？」
宮城沒說這是命令，就直接扯掉我的領帶，並解開第三顆釦子。
她未經我許可便拉開我的領口，把臉湊了過來。
她的氣息呼到我身上，感覺很癢。
一股不屬於自己的熱度逐漸接近她方才用手指戳過的位置。
頭髮碰觸到肌膚，那股感觸格外清晰。
意識聚集到皮膚表面，我推開宮城的肩膀。

「不要這樣啦。」

「真不好玩。」

宮城意外乾脆地遠離我，以平淡的聲音說道。然後用手指揪起她原本想用嘴唇吸吮的位置，以不小的力道捏了下去。

「好痛。」

我不禁輕呼出聲，抓住宮城的手臂，她卻不肯鬆手。

「用這種方法也可以留下痕跡呢。」

宮城這樣說，又更用力地捏我。

她用力到了就算說她其實是想撕下一塊我的肉，我都會相信的程度。我硬是拉開她的手。

「這樣很痛耶。」

「我只是鬧著玩的。」

「開什麼玩笑？這根本不像是在鬧著玩。」

「像剛剛那樣捏，根本不會留下痕跡吧。」

不是這個問題。

單純是這樣很痛。

痛到我不能當成是在鬧著玩。

而且一般來說，根本不會想到要用捏的方式留下痕跡。我想宮城的腦袋裡應該沒有拴緊常識用的螺絲。不過即使我跟她說剛剛的行為很奇怪，不知道把常識忘在哪裡的宮城大概也聽不懂吧。

我輕輕嘆了一口氣後，宮城像是出作業的老師一樣，用事務性的口吻說道。

「要吃晚餐嗎？」

「要。」

反正我回家也是一個人吃飯。

既然如此，跟某人一起吃飯比較好。

我扣好被宮城解開的釦子。

「吃什麼都行吧？」

被她這麼一問，我回了句：「都可以。」之後，宮城表現得就像剛才的行為和對話都不曾發生過一樣，起身走出了房間。

我穿上制服外套，看了看手臂。雖然是廢話，不過看不見宮城留下的痕跡。

「早知道就拒絕她了。」

我獨自嘀咕著，走出房間。

我猜宮城需要我。

而我也需要能提供這個地方給我的宮城。

總之我們確實是需要彼此的關係，可是一直發生這種事情也很困擾。這段關係是有期限的，應該會在高中生活結束的同時告終。想到往後還有一大段人生之路要走，甚至可說是一段極為短暫的關係。明明是這樣，這種在身上留下痕跡的行為，卻像是要讓我倆的關係永遠延續下去一樣，光想就覺得胃痛。

這痕跡會殘留到什麼時候呢？

我一邊按著手臂，一邊走向客廳。

第7話 想聽聽仙台同學的聲音

舞香去上的是一般課業輔導的補習班。

仙台同學上的則是考生衝刺班。

這兩種補習班，爸爸都說如果我想去，他會幫我出補習班的課費，但我其實不太懂這兩者之間有什麼差別。

不管哪個班，都是要去加強課業的。

我只有這樣的認知。

我對兩者都毫無興趣，也知道自己頻繁地叫得去補習的仙台同學過來不太好。所以我決定一週找她過來一次就好。

之前我只要那天發生了什麼不愉快的事，就會找仙台同學過來，不過現在只是有點不愉快的話，我會忍下來。

雖然上週她回家之後，我就做了這樣的決定，但我已經想找她過來了。

「什麼都不想做。」

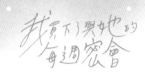

我整個人靠在椅背上，「唉」地嘆了口氣，坐在我對面的舞香笑著說道。

「因為志緒理是今天的活祭品嘛。太衰了。」

「妳真的很不走運耶。畢竟哆啦橋今天看起來心情超差的。」

亞美在舞香旁邊，說出老是穿著藍色衣服的高橋老師的綽號。我聽著兩人的話，想起剛上完的那堂課，抱怨起已經離開教室的哆啦橋。

「他不要把怨氣都發洩在學生身上好不好？真的是爛透了。」

大家都知道負責上世界史的哆啦橋只要心情不好，就會遷怒在學生身上。今天他在開始上課之前就已經氣呼呼的，眉頭深鎖。

我一點也不想被他點到。

儘管我這麼想，但他就這麼剛好點到我。我回答不出他那充滿惡意的問題，被他嘮嘮叨叨地唸了一串。最後還刻意指名我，說了一些挖苦人的話以後，才返回教師辦公室，害我整個人都不好了。

「我已經想回家了。」

我一邊把課本和筆記本收進抽屜一邊嘀咕時，亞美開口提醒我。

「我可以理解妳的心情，但下一堂是體育課。我們差不多該走了。」

「我知道。」

我拿著運動服起身。

我們三個人要好地一起踏出教室，走在走廊上。在我們「啪噠啪噠」地踩著室內鞋，往體育館前進時，舞香像是想到了什麼事，用一句「話說回來……」帶起了話題。

「志緒理，妳手臂受傷了嗎？」

「沒有啊。為什麼這樣問？」

「因為最近看妳很常摸手臂。」

「……我有喔？」

「妳現在也在摸啊。」

舞香的話讓我的意識集中到手臂上。

我的手似乎已經養成了一種習慣，會不自覺按著之前仙台同學留下痕跡，但現在已經消失的位置。

「真的耶。」

我一副若無其事的樣子，說完後便鬆開了原本按著手臂的手。

上週仙台同學留下的吻痕沒有殘留太久。還不到兩天，痕跡的顏色就慢慢變淡，原本泛紅的痕跡變回淡淡的橘色，與我同化。我不記得自己在那段期間裡有一直摸手臂。現在也是，要是舞香沒有提起，我根本沒有意識到自己的行為。

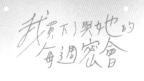

怎麼會？為什麼？

這樣簡直就像我希望痕跡能留下一樣，我不喜歡這樣。

「喂～志緒理，妳忘記動腳了喔？」

亞美很適合那頭讓她顯得很有活力的短髮，如同她給人的印象，她力道十足地拉起我的手臂。我原本有些游離的意識回到身體上，開始慢慢動起停下的腳步。

「被哆啦橋惡整，讓妳這麼大受打擊喔？」

舞香「啪」地拍了一下我的背，笑著問道。

雖然不是這麼回事，但我沒有開口否認。

我一邊被亞美拖著往前走，一邊問舞香一件我之前就想問的事。

「對了，舞香。妳覺得去補習班很累嗎？」

「要說累的確是很累，畢竟要一直去到考完大考為止。啊，志緒理也想要報名嗎？」

「我沒有要去補習喔。」

「如果有興趣，來報我們這裡吧。這裡的補習班老師上課簡單易懂，還不錯喔。」

舞香推薦她自己在上的補習班給我，講得好像那裡是她家開的一樣。我雖然沒特別想加強課業，不過跟舞香去上同一間補習班，或許會比一個人待在房間裡好吧。

那要是我跟仙台同學去上同樣的考生衝刺班——

我腦中浮現既沒有打算要實現，也不可能成真的念頭。我急忙把這念頭從腦海中抹去。

如果問我比較想去報名一般課業輔導班和考生衝刺班，那肯定是課業輔導班。

不過我現在根本沒想要去補習就是了。

「我考慮看看。」

我給了熱心邀我去補習的舞香一個模稜兩可的答覆，看了看前面，發現走廊盡頭有個熟悉的身影。

「還是一如往常地引人注目呢。」

亞美沒有明說，但我馬上就意會到，她指的是正在朝這邊走過來的茨木同學那一群人。

裡頭當然也包含了仙台同學。

她們走在走廊的正中央，彷彿在宣稱學校是屬於她們的。

「就是啊。」

舞香小聲地回應，退到走廊邊邊。

前面傳來女孩子們高聲談笑、嬉鬧的聲音。

隨著茨木同學等人的聲音接近，我跟仙台同學四目相對。不過那也只是一瞬間的事，我們馬上便擦身而過了。

雖然學校很大，但三年級的校舍就是這一棟，仙台同學又在隔壁班，所以我還滿常像這樣碰到她的。不過即使我在走廊上碰到仙台同學，也不會跟她說話或是揮手打招呼。因為我們原本就是這樣說好的，我對此也沒有任何不滿。

明明應該是這樣的，我卻有股彷彿有什麼小東西黏在身上的異樣感。總覺得心情不太舒暢，很鬱悶。再加上哆啦橋對我遷怒的事，讓我又想找仙台同學來我家了。

不過我也只是想想而已。

我已經決定如果只是討厭的小事，還是先忍一忍。

「對了，妳們知道嗎？」

視線原本追著茨木同學她們而去，看著後頭的舞香突然轉向我們。

「聽說有個籃球隊的二年級學弟跟仙台同學告白了。」

舞香小聲說出不知道從哪裡聽來的八卦後，亞美興致勃勃地反問她。

「咦？那是什麼時候的事？應該說那個學弟是誰？叫什麼啊？」

「據說是剛開學沒多久之後的事。學弟好像叫山田。」

舞香說的話讓我回溯起自己的記憶。我沒聽仙台同學說過有籃球隊的學弟向她告白的事，她也從來沒有提過跟那個叫山田的學弟有關的話題。

說穿了，我連山田是誰都不知道。

我跟仙台同學的交情沒有好到什麼事都會告訴對方，也不是那種會聊起戀愛話題的關係，所以其實有很多跟她有關的事情我都不清楚。即使如此，從舞香口中聽到我所不知的仙台同學情報，還是讓我覺得不太舒服。

「那學弟不是滿帥的嗎？」

亞美用比平常更高的聲調說道。

「咦～也還好吧？」

「是嗎？志緒理妳覺得呢？」

亞美在意想不到的時間點把話題拋給我，讓我停下腳步。

「……妳問我覺得怎樣，但我根本不知道那是誰耶。是說妳怎麼會知道得這麼清楚啊？」

「是上同一間補習班的女生告訴我的。」

舞香不假思索地說完後，又開始說起了其他八卦。

仙台同學今天得去補習，就算找她，她也要明天才會來。

我覺得太頻繁地找她過來也不好，卻還是在體育課結束後，傳了一如往常的訊息給了仙台同學。

◇◇◇

「抱歉，昨天沒辦法來。」

仙台同學一進房就先開口道了歉。

「我們說好的，沒關係。」

當她說要補習的日子沒辦法來時，是我說她隔天再來就好的。我昨天傳出去的訊息，也是在知道她當天來不了的前提下傳出去的。而仙台同學也依照約定在隔天，也就是今天過來了。她有遵守我們講好的規矩，所以沒有問題。

「給妳。」

我把事先準備好，跟參考書和平板電腦一起放在書桌上的五千圓交給她。

「謝謝。」

仙台同學簡短回答後，從書包裡拿出錢包，收起薄薄的紙鈔。然後跟我一起看著書桌上的桌曆，開口說道。

「馬上就是黃金週了呢。」

「明明才剛放完春假耶。」

「宮城該不會不喜歡放假吧？放春假之前妳心情也不太好。」

仙台同學並沒有說她為什麼覺得我心情不好，但我想她一定是想到我潑了她一身汽水的那一天。

「因為就算放假也沒什麼事情可以做啊，很無聊。」

我沒有說自己那天為什麼心情不好，只說了我不喜歡放假的原因。

「放假很好啊，找個地方出去玩不就得了？」

要說我在黃金週有沒有安排活動，那確實是有。

我、舞香和亞美三個人約好了要一起出去玩。不過我沒必要特地告訴仙台同學這件事。

我蓋住桌曆，戳了戳她的手臂。

「仙台同學，讓我看看妳的手臂。」

我這不是命令，但仙台同學仍乖乖地伸出手。不過她伸出的手還被制服給包得好好的。

她明明就知道。

我態度強硬地告訴儘管知道我想要什麼，卻不肯照做的她。

「捲起袖子。」

「是是是。」

仙台同學沒誠意地說完後解開袖釦，將襯衫連著制服外套的袖子一起往上捲。我抓住她的手臂。

在手腕和手肘之間，接近正中間的位置。

我仔細凝視著仙台同學的手臂，這時她開口了。

「比我想像的還快消失。妳的呢？」

如她所言，我找不到我留下的紅色印記。

「很快就消失了。」

「腳上的瘀青也是嗎？」

「消失了。」

跟她留在我身上的吻痕不同，腳上那塊因為用力撞到而造成的瘀青，比手臂上的痕跡花了更久的時間才淡去，不過現在已經不見蹤影了。不論是我的手臂還是腳，內出血的痕跡都已經消失得一乾二淨，就算跟人說之前這裡曾經留有內出血的痕跡，對方也不會相信吧。

仙台同學的手臂也跟我的一樣。

變得像是從未發生過上週那些事。

我撫摸她那隻被我抓著的手臂。

光滑柔順，摸起來很舒服。

——要是我再將嘴唇貼到這手臂上呢？

如果我命令她不准移動手臂，就可以再次留下吻痕。我用力按住原本留有吻痕的位置附近。這樣按當然不會留下痕跡。當我的指尖用力，又按了一次同樣的地方時，手就被她抓住了。

「妳還想留下痕跡喔？」

仙台同學這麼說，彷彿看穿了我腦中的思緒。

「不是。」

我簡短回應後，她放開了我的手。我摸了摸她的手肘附近。

不知道是骨頭還是筋。

有某種硬硬的東西。

我用像是在確認觸感的方式摸著她的手，接著朝著手背的方向撫摸過去。來到她的指尖後轉向，從掌心順著血管一路往上摸。

「妳這樣摸我會癢。」

仙台同學如此說道。她的指尖抽動了一下。儘管如此，她仍沒有抽走手臂，我便繼續讓手指在她滑順的肌膚上游移。做著這種事，讓我有點搞不清楚自己到底是為何找她過來了。

從舞香口中聽到我所不知道的關於她的事，讓我有種喉嚨被緊緊掐住的窒息感。雖然不到生氣的程度，心裡仍覺得不是滋味。

那現在呢？

我抬起目光，眼前的仙台同學跟在學校時一樣，臉上掛著溫柔和善的表情。

我想看的不是這樣的仙台同學。

我用指甲抵著她滑嫩的肌膚。我在手指上施力後，指尖埋進她的肌膚裡。

「妳的指甲戳得我很痛。」

仙台同學嘴上雖然這樣說，卻沒有甩開我的手。

「籃球隊的男生長得帥嗎？」

我其實不想問這件事，但是舞香她們說的話還殘留在我的腦海裡，害我脫口問出了這個無聊的問題。

「為什麼提到籃球隊的男生？」

「據說那裡的人跑來告白。」

「妳是說跟妳告白嗎？」

「……妳這是明知故問吧？」

我知道仙台同學就是這種人。對我有點壞，如果我不下命令，她有時候會刻意不照我想的去做。

我在指尖上又多施了點力。

仙台同學微微皺起眉頭，強行拉開我的手。

「我拒絕了。」

她沒有否認有人向她告白的事，只低聲告訴我結果。

「為什麼？」

「沒為什麼。我又不喜歡他，也沒空跟他交往。」

「交往的時間那種東西，只要擠就有了吧。」

「我不但要去補習，還要來這裡啊。」

仙台同學一臉嫌麻煩的樣子說道，摸了摸留在手臂上的細細爪痕。

「如果妳不用去補習，也不用花時間來這裡，就會跟他交往嗎？」

「不會。我不是說我不喜歡他嗎？而且妳不用擔心，我也會以妳為優先的。」

「我又沒有拜託妳這麼做。」

我輕輕踢了一腳在我眼前刻意露出微笑的仙台同學。

「哇，妳很沒教養耶。」

「比妳好。」

雖然她現在沒有躺著，但我不想被一個會懶散地躺在別人床上，連裙底風光都快要被人看光的人這樣說。

「妳是在嫉妒那個籃球隊的男生吧？我知道啦。」

仙台同學這話說得輕佻到彷彿長了翅膀那麼輕，並放下袖子遮住手臂，然後坐到了床上。

「說什麼蠢話？」

儘管我從她那開玩笑的語氣就聽得出這不是真心話，但不嗆一句回去我實在不甘心。我不知道連舞香都知道的事情。我只是對於仙台同學完全不打算要跟我說這種事情的行為，覺得有些不高興罷了。

這才不是嫉妒。

我坐在地板上，背靠著床鋪。

心情陰晴不定。

從升上三年級，叫仙台同學舔了腳的那天開始，我就有點怪怪的。仙台同學透過舌尖傳來的體溫，就這樣滯留在我體內，沒有消散，所以我只好像對待朋友那樣對她。說不定跟她一起玩遊戲、隨便聊些無關緊要的話題，殘留在體內的奇怪感覺便會消失。我雖然這樣想，卻沒辦法像對待朋友那樣對她。

現在也是。

我沒辦法像跟朋友聊天一樣和她說話。

我到底想要怎麼對待仙台同學呢？

隨著我們一起相處的時間變長，我也越來越不懂了。

我變得越來越迷失那個當初只是想要命令她的目的。

只要跟仙台同學在一起，某種看不見的、黏在身上的事物就會逐漸增加，讓我心底深處感到浮躁不安。不僅無法平靜下來，自己甚至變得不像是自己。這種不明確的心情，如果能像桌上的汽水一樣「波波波」地冒泡、消失就好了。

我呼了一口氣，看向窗外。

窗戶另一側的天色已經在不知不覺間暗了下來。

我從書包裡取出現代國文的課本，塞給仙台同學。

「命令。下床，朗讀這個。」

「課本？」

仙台同學露出疑惑的表情，在我身旁坐下。

「對。」

我起身，脫掉制服外套和襪子，鬆開領帶，一股腦地往床上躺。一直在想些根本不用去思考的事情，讓我有點疲憊。

「妳為什麼不是要我朗讀漫畫或小說，反而挑了課本？」

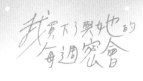

仙台同學隨手翻閱著現代國文的課本說道。

「代替搖籃曲。因為有催眠效果。」

我醒著的話，就會說一堆沒必要說的話，讓我後悔。

要是昨天仙台同學能來，我應該就會順著找她過來的氣勢，跟她談很多事情吧。可是過了一天之後，到了今天，我也搞不清楚自己究竟想問些什麼了。真要說起來，不過就是有人跟仙台同學告白而已，我根本沒必要找她過來。

「竟然把課本當成搖籃曲，老師聽到會哭的喔。」

仙台同學說完後便轉過身來，用課本的書角輕輕敲了一下我的腦袋。

「那要怪老師上課太無聊了。」

我「啪」地打了她的手臂做反擊，一道捉弄人的聲音傳來。

「把責任推到別人身上可不好喔。」

「要妳管。快點唸啦。」

「我會唸啊，可是妳睡著之後我該怎麼辦？」

「就算我睡著了妳也要繼續唸。」

「總覺得這樣連我都會想睡耶。」

仙台同學用毫無幹勁的聲音說，維持坐在地板上的姿勢，把上半身趴在床上。

她的手碰到我的側腹部，感覺很癢。

我起身，拉了拉仙台同學的瀏海。

「妳不可以睡，要醒著。」

「是是是。」

「是」說一次就夠了。

即使我這樣說，仙台同學還是會回答兩次，所以我不會命令她「說一次就好」。相對地，我催她：「快點朗讀。」之後，她才挺起了身子。

「我知道了啦。」

她簡短回應我。

然後我便聽到了舒服的聲音。

當我們二年級同班時，我經常聽到她的聲音。我很羨慕她在課堂上可以那樣順暢地朗讀課本，希望自己也能像她那樣朗讀。今天她也用清澈的聲音，正確無誤地將課本上的文字轉化為聲音。

我彷彿被喜歡的毛毯給裹著身體，聽著這道能讓我平靜下來的聲音，閉上了雙眼後，被隔離在漆黑的世界中。我翻身面向牆壁那一側。

在一片黑暗之中，只聽得到仙台同學的聲音。

簡直就像是在放春假前的教室裡。

仙台同學的聲音讓印刷在課本上的字句流進我耳裡。比老師更為柔和的聲色吸引了睡魔前來，我的意識逐漸遠去。

等我再回過神來，才發現自己別說打瞌睡了，根本是沉沉睡去。

我沒有作夢。

只是覺得自己好像睡了好幾個小時，才醒了過來。

安靜的房間，我的腦袋逐漸變得清醒。

現在幾點了？

我緩緩起身，想看一下時鐘。然而在看到時鐘之前，仙台同學的臉便搶先映入眼簾。

「就跟妳說不可以睡了。」

我不知道她是什麼時候睡著的，但她已經在我身旁發出熟睡時的平穩呼吸聲。

我們沒有靠近到會貼著彼此的程度。

因為仙台同學人睡在床的邊邊，我跟她之間有一道縫隙。

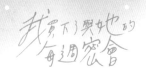

她脫掉了制服外套，還穿著襪子就睡著了。領帶鬆開，襯衫一如往常地解開了兩顆釦子，化著淡妝的五官端正，用漂亮來形容也不為過。

我摸了摸仙台同學的臉。如果她醒著可能會生氣，怪我這樣會弄花她的妝，但現在她什

麼都不會說。我滑動指尖，在她的嘴角停下。

這手指曾碰過她的唇。

也曾碰過她的口中。

比臉頰還柔軟的舌頭觸感又再度復甦。

我想起仙台同學用濕潤的舌頭舔舐我流出的血那件事。她的舌頭壓在傳來陣陣刺痛的傷口上，非常溫暖。我的傷口當然不會因為仙台同學舔過就不痛了。可是她遵照我的命令，吸吮並嚥下我的血，臉上露出了不太好看的表情，讓我覺得相當愉快。

雖然傷口被她咬的時候，那股痛楚實在是太過強烈，讓我這愉快的心情馬上就消失了。

我的手指從嘴角滑過，來到嘴唇中央。

柔軟得像棉花糖。

我輕輕地按了幾下她的嘴唇。

仙台同學沒有反應。

「妳說點話啊。」

我想聽聽她的聲音。

想聽她反駁我的聲音。

我現在聽不到平常那個會阻止我的聲音，所以沒辦法停下手上的動作。

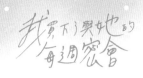

從嘴唇到下顎。

然後再往下。

我的手指撫過脖子，來到鎖骨，可是仙台同學還是沒有要醒來的樣子。如果我的手指再往下一點，就能直接碰觸到她叫我不可以留下吻痕的位置。我猶豫了一下，讓手指在鎖骨上順著骨頭往肩膀滑過去，當我的手掌正好按在襯衫下面的內衣肩帶上時，她的體溫變得更高了。

仙台同學明明差不多該醒了，卻一動也不動。

我看著她的脖子。

她叫我不能留下吻痕的另一個位置。

我無法挪開自己的目光。

我挪開放在她肩上的手。我沒有解開她襯衫的釦子，把臉湊進她的脖子後，一股或許是洗髮精味道的甜甜香氣撲鼻而來。

我不是第一次聞到這股香味。

仙台同學有來的日子，晚上枕頭都會散發出同樣的香氣。

我把臉貼得更近後，那股香氣也變得越來越明顯。我的心跳微微加速。

在耳朵稍微下面一點的位置。

我用嘴唇輕輕碰觸，心跳聲在腦中迴盪著。我像是想要忽略那些「噗通」、「噗通」的聲音，用力把嘴唇壓了上去。我輕輕咬下，柔軟的觸感傳來，我連忙抬起頭，往後退開。

我擦拭嘴唇。

用力地擦。

在我拚命擦拭，像是要把剛剛的事情抹去，當作從未發生過時，有人拉了拉我的襯衫。

「妳在做什麼？」

我聽到這有些迷茫的聲音後往旁邊一看，只見仙台同學微微張開了眼睛。

「沒什麼。」

我沒好氣地回答。

「啊，妳一定是想做色色的事情吧？」

我覺得她沒有發現。

仙台同學睡著了。

她這才醒來，不知道我剛剛做了些什麼。

——應該是這樣才對。

「才沒有。」

聽到仙台同學帶笑的語氣，我清楚地回答道。

「妳的臉很紅喔。」

仙台同學這麼說，把手伸了過來。

我的臉頰沒有發燙。

儘管心臟還有點吵，但是我的臉八成不紅。

她的手碰到我的臉頰。比平常更溫暖的手心令我反射性的往後退。

咚！

「好痛。」

迴盪在房裡的，是我撞到背的聲音。我忘了我身後就是牆壁。不過撞了這一下的衝擊，反而讓我的心臟平靜了下來。

「妳說我臉紅是騙我的吧。」

我出口抱怨趴著的仙台同學。

「妳居然沒上當啊。」

「別說這個了，妳為什麼睡著了啊？」

我輕輕踢開仙台同學的腳，因為她違背了我要她繼續唸書的命令而責怪她。

「我看妳睡著之後就覺得好睏，回過神來才發現自己睡著了。現在幾點？」

被她這一問，我看了看時鐘，確實過了一段不算短的時間。

「快八點了。」

「我還想再睡一下。」

「起來啦。」

我又踹了仙台同學的腳一下。她這才慢吞吞地起身，露出原本被她壓在背後的現代國文課本。

「仙台同學。」

「嗯？怎麼了？」

「折到了。」

我拿起剛才被仙台同學壓在身下的課本給她看。應該是被她的背給壓過的封面上，出現了一條乾淨俐落的折痕。

「啊～對不起。因為我唸到一半就睡著了。真的很對不起。」

仙台同學一臉歉疚地向我道歉。

「沒關係啦，反正只是課本，無所謂。」

課本能保持原樣當然是最好，但折到了也無所謂，反正也只會用一年。不過仙台同學好像很在意。

我聽到她又說了聲：「對不起。」

用它。

「反正馬上就用不到了。」

我小心翼翼地把折到的地方壓平回去，將課本放到枕頭上。

我沒那麼喜歡念書，也沒什麼動力準備大考。無論課本有沒有折到，我都不打算積極運用它。

「下次我會補償妳的。」

在課本上壓出折痕的犯人很歉疚地說道。

「就說沒關係了。」

我不知道她打算要做什麼，但說要補償我什麼的，感覺也有點麻煩。課本根本不值得她特地補償我。

比起那種事，我還比較在意我跟仙台同學之間的距離。我的房間很寬敞，可是床鋪沒有房間那麼大，所以我們靠得非常近。可以的話，我希望能跟她再保持一點距離。

「可是折到的畢竟是封面啊，還是會很在意吧。」

跟我不一樣，仙台同學似乎很在意折到的課本，有些不滿地說道。

因為背後就是牆壁而不能再退後的我，只能稍稍往旁邊移動。

「我不在意。」

「就算宮城妳不在意，我還是會在意，所以我會補償妳。」

一旦我們的對話陷入這種各說各話的狀態，仙台同學基本上是不會讓步的。她跟我一樣，會想要說服對方接受自己的意見。而且因為她的個性比我原本想像的更守道義，所以她應該是真心想要補償我，也多半會付諸實行。

「妳想做什麼都行，不用太認真。」

不過就是課本封面，為此浪費時間爭論也很沒意義，所以我結束了這個話題。

「那就這麼辦。」

我不知道仙台同學打算怎麼辦，但她也簡單地用一句話作結，然後輕輕踢了一下我的腳。

「那宮城，我們接下來要做什麼？」

「不做什麼。妳要吃過晚餐再回去的話，我就去準備。」

「要不要吃晚餐喔？」

仙台同學帶著看起來不像是在認真思考的表情「嗯～」了一聲，接著像是突然想到一樣，動手扣上了一顆釦子。

我已經在這個房間裡看她解開襯衫的第二顆釦子看過好幾次了，然而這是我第一次看到她重新扣上那顆釦子。

她不同於以往的行為讓我僵住了。

——她果然發現了。

不對。

我摸仙台同學的脖子時，她還在睡。

所以她應該沒有發現才對。

既然如此，她為什麼要在這時候扣上襯衫的釦子？

我的心臟好痛，像是被人給揪住了一樣。

早知道就不要做那種事了。

因為仙台同學不是我的朋友，更不是情人。

那不是我該對睡著的仙台同學做的事情。

如果是在她醒著的時候那樣做就好了。如果是在我命令仙台同學不准動的情況下，就算我做出那種行為，也不會被追究。我也搞不清楚自己剛剛為什麼會做出那種事。

「宮城，妳的眉頭皺得很誇張喔。」

仙台同學指了指我的臉。

「妳的表情超嚴肅的耶。要不要照照鏡子？」

「不，不用了。」

比起照鏡子，我更想逃離這裡。不過我也不能突然走出房間。

「妳今天不叫我做嗎？」

仙台同學一副什麼都不知道的樣子，一邊舉起雙手伸展身體，一邊問我。

「叫妳做什麼？」

「叫我舔妳。」

「不要。」

今天不適合做那種事。

「這樣啊。」

明明是她自己開口問的，仙台同學卻興趣缺缺地回答，接著摸了摸我的腳。她從我沒穿襪子的腳尖一路摸到了腳踝。在我因為她溫柔地撫過我皮膚的指尖讓我覺得很癢，打算縮回腳時，她一把抓住了我的腳踝。

「放開我。」

聽我堅決地這麼說，她乖乖地遵從了我的指示。但是她的指尖馬上又不安分地往上滑去，抓住我的裙襬，還很自然地想順勢掀起我的裙子。

「妳不要這樣亂來啦。」

我抓住她的手，開口抗議。

「我只是想確認妳腿上的瘀青是不是真的消了。」

「那早就消了，有什麼好確認的？而且不用掀也看得到吧。」

「說得也是。」

仙台同學甩開我的手，碰觸我的膝蓋。

說想確認瘀青是不是真的消了，她卻連看都不看。

她用以指尖畫著圈，撫摸我的膝蓋。

她摸我的方式很奇怪。

讓我覺得背上一陣發毛。

有點噁心。

「妳根本沒在看瘀青啊。」

仙台同學依然慢慢地摸著我的膝蓋。

「我不要繼續摸比較好嗎？」

她嘴上這麼說，仍舊沒有停下手上的動作。

「現在立刻停下來。」

我態度強硬地說。

可是仙台同學還是沒停手。

她的指尖從膝蓋往下滑去，來到腳背上。像我命令她舔我的腳時那樣，繼續摸著我。

手指沿著血管滑過腳背。這感覺很像有螞蟻在皮膚上爬來爬去，讓我覺得不太舒服。儘管如此，我還是沒有認真地阻止仙台同學。我深吸一口氣，並在吐出這口氣之後，抓住並拉開仙台同學的手。

「夠了。真的別再這樣做了——妳這是在報復我？」

因為我在她睡著時碰了她的脖子。

我以為她這是在報復我那時的行為，才會這麼問。

「報復什麼？」

仙台同學雖然發出了疑惑的聲音，但我分辨不出她是不是真的聽不懂我在說什麼。可是她看起來莫名地開心，讓我有種她在刻意惹怒我的感覺。

「不是報復就算了，手給我。」

我沒等她回答便抓住她的手。

「這是命令嗎？」

「是命令，所以照我的話做。」

「妳又想在我身上留下痕跡了？」

「不是。」

我解開她襯衫上的袖釦，捲起袖子。

朝著仙台同學的手肘和手腕之間……

也就是我之前留下吻痕的位置，一鼓作氣地咬了下去。

狠狠地。

我用力到幾乎要咬破皮膚的程度，仙台同學推了我的額頭。

「等一下，這樣真的很痛耶。」

我因為她使勁推著我的額頭而抬起頭後，她繼續抗議地說著。

「太扯了吧。真虧妳感這麼用力咬別人耶。妳是有什麼毛病？」

仙台同學一邊撫摸著自己的手臂，一邊放下袖子。

「讓妳補償一下折到我課本的事啊。」

「妳不要擅自決定補償方式啦。」

「有什麼關係？反正齒痕這種東西很快就會消失了。」

我之前做過的事最好全都消失不見。

而且這既然是命令，那不管我做什麼，仙台同學都沒資格抱怨。而且她應該也不是真的在生氣。

我們之間就是這種關係，所以這樣就好了。

「妳剛剛那樣咬真的很痛耶。」

仙台同學忿忿不平地說。

「畢竟這有一部分是要懲罰妳亂來啊。」

「比起宮城妳平常對我做的怪事，那明明就不算什麼吧？」

仙台同學從床上下來，用略為不滿的語氣說道。

和平常一樣。

我看到她不悅的樣子，心裡鬆了一口氣。

第8話 因為宮城觸碰了我

宮城困惑的樣子很好玩。

雖然這樣說會讓人覺得我很壞，但這都要怪宮城做出了猶如在坦承自己罪行的反應。

「妳不要動。」

我朝著坐在桌子另一邊看漫畫的宮城伸出手。不過在我碰到她之前，她已經先發出了詫異的聲音。

「幹嘛？」

「有頭髮。」

我說出伸手的原因後，宮城從書本上抬起頭，問我：「在哪裡？」

「我幫妳拿掉。」

我用手撐著桌面，向前探出身體。朝著宮城的胸前伸出去的手指，碰到了她的脖子。

我沒有很明確地碰觸到她。

真的就短短一瞬間，輕輕碰到而已。

明明只是像手滑不小心碰了她一下而已，宮城卻整個人往後縮。

幾天前——

我在這個房間裡睡著的那一天，因為脖子附近癢癢的而醒了過來。可是我那時候半夢半醒的，不太清楚是她對我做了什麼我才會有這種感覺，還是單純只是自己的錯覺。

唉，不過呢……

看來我原本以為是一場夢的事情，終究不是夢。

只要看看宮城的反應，我就能確定了。那一天，碰到我脖子的是宮城的嘴唇。我拉了一下她那長度微微過肩的頭髮。

「好痛。」

「抱歉，原來它還沒掉下來。」

我拉的是一根無論怎麼看都還沒有脫落的頭髮，但我還是刻意補上這句。

「妳是故意的吧？」

「因為它看起來已經掉了啊，我只是想幫妳拿掉。」

但她說我是故意的這點並沒有說錯，所以我沒否認。

我想起今天進入房間時的狀況。

我打算解開第二顆釦子，但停下了手。

只是看了宮城一眼，她卻刻意別開視線。

後來她就一直表現得很奇怪。現在也是，我只是稍微鬧她一下，她卻驚訝到了誇張的程度。

「快點寫作業啦。」

宮城不悅地說。

之前變得比較親人的野貓又開始有了戒心。

今天的宮城看起來就像這樣。

「妳不用催，我快寫完了。」

寫作業。

這個在大約一小時之前收到的命令，因為我們現在不同班而變得有點棘手。要是同班，那我們的作業內容就會一樣，只要讓她抄我的作業就行了。可是現在我們兩個班上出的作業不一樣，我等於要特地為了她多寫一份作業才行。

宮城的成績不是特別好，也有不擅長的科目，不過整體來說應該還不算太差。

畢竟還有大考在等著我們，她自己認真寫作業就好了嘛。

再怎麼說，如果能被分在比較優秀的那一邊，選項就會增加啊。

成績這件事也是，會念書總比不會念書好。不僅能選擇的大學會變多，在更遠的將來也會有更多條路可選。

當然任何事情都有所謂的極限，由於每個人所能搆到的天花板高度早就決定好了，這一切也有可能只是無謂的努力就是了。

「妳決定好要上哪所大學了嗎？」

四月初我問過同樣的問題，當時跟我說「不知道」的宮城，這回說出了有點像又不太像的答案。

「還沒決定。就算要上大學，只要是能考上的學校，我不管念哪裡都可以。」

「妳也太隨便了吧。」

「因為我對這沒興趣啊。別說這些了，寫作業。」

「好好好，我知道啦。」

真浪費。

我是沒打算問她「要不要跟我來上同一個考生衝刺班？」之類的話，也不打算勸她用心準備考試，但宮城也太沒有幹勁了吧？

她總是這樣隨隨便便的，不認真。

那天的她那麼積極……應該說，她竟然在未經我允許的情況下把嘴唇湊了上來。

我用手摸了摸脖子。

我不知道她為什麼會想吻這個地方。我原本以為是因為她之前想在我身上留下吻痕，才接續著做出這樣的行為，但如果是這樣，我的脖子上應該會留有痕跡才對。

只是普通的接觸，到底有什麼意義？

如果我們的關係逐漸朝著宮城原本否認的朋友關係靠近，那倒是無所謂。可是她的行為看起來會迅速地讓我們變成不是朋友的某種關係。

我很高興她願意親近我，但她繼續做出那種行為的話，我會有點困擾。

我跟宮城的聯繫感覺會變得更強，有點可怕。

我不希望我們之間有那麼深厚的關係，只要維持在不會太白也不會太黑，灰色程度的朋友關係就好。一旦超過了這個範疇，我覺得自己明年會沒辦法順利地跟她分開。

我心裡明明這樣想，卻沒那麼厭惡宮城對我做的事。

我說不出到底哪裡不好，但我知道這樣不好。

這樣不好。

我拿起橡皮擦，丟向宮城。

橡皮擦勾勒出一道平緩的弧線，越過課本掉在她身旁。

「妳今天不太說話耶，發生什麼事了嗎？」

我向抬起頭的宮城搭話，並解開襯衫的第二顆釦子，只見她很不自然地別開了視線。

只有我被這種莫名其妙的情緒困擾著，感覺很不愉快。

要是宮城也多少覺得困擾就好了。

「沒事。」

宮城冷淡地說，視線馬上又落回原本在看的書頁上。

「要不要聊聊喜歡的對象？」

「不要。」

我想也是。

她看起來就不像喜歡聊這種話題的樣子。

我原本也以為她是個不太熟悉八卦消息的人，這我倒是猜錯了。畢竟她知道有人跟我告白的事，應該還是有一定程度的情報網。

「宮城妳沒有喜歡的對象嗎？」

「我不喜歡聊這種話題。」

「那妳之前幹嘛問我這方面的事？」

她之前非要聊這個，還特地問我拒絕男生告白的理由。

我可不准她說她忘了有這回事。

「……」

看來她不打算回話，我只聽到她在翻閱漫畫的聲音。

「宮城。」

我催她回話，可是她動也不動。不過仔細一看就知道宮城皺起了眉頭。我輕輕摸了摸脖子。

不就是因為妳親了這邊嗎？

這是妳自作自受。

好好反省吧。

儘管我心裡這樣想，但跟無視我的宮城待在同一個房間裡也很無聊。

「對了，黃金週期間我想跟妳借書。」

我想說差不多可以放過她了，於是改變話題。

「不要。」

「我就知道妳會這麼說。」

宮城在這方面倒是一如往常。

我覺得她要是能一直保持這樣就好了。

只要一直反覆做相同的事情，和平的時間便能長久持續下去。我不希望情緒像搭雲霄飛車那樣起起伏伏。所以宮城這一如既往的回答，讓我感覺舒暢許多。

◇◇◇

宮城話不多不是什麼稀奇的狀況。即使是跟我在一起的時候，宮城也原本就不是那麼多話的人。這麼一想，就覺得宮城不太說話，也不過就是恢復原樣罷了吧。

雖然這樣不太好玩，但這也沒辦法。

我的感受沒辦法改變她的心情。

儘管我用這種想法來解釋並接受了宮城又變得冷漠的事實，然而接下來馬上就進入了黃金週假期，我在那之後便沒再跟她見到面。

然後，在假期結束後又過了兩天。

我在學校，直到今天都還沒見過宮城。

也沒在走廊與她擦身而過。

不同班就是這麼回事吧。

我沒有因此感到寂寞。畢竟我不缺聊天的對象，也交到了新朋友。我對學校生活沒有太多的不滿，過得還算順利，也還滿愉快的。雖然新班級裡也是有人在說我八面玲瓏，光會討好別人，不過那都是些無須介意的小事。

「我去一下隔壁班。」

在進入下課時間後變得吵吵鬧鬧的教室裡，坐在我斜前方的羽美奈突然說道。

「怎麼了？」

「我忘了帶課本。」

羽美奈意興闌珊地說，還補了句：「不然還是蹺課好了。」這時麻理子立刻跳出來勸阻她。

「還是別蹺課吧，老師不是說妳要是再蹺課，就要寫悔過書嗎？」

「嗯～要我寫悔過書是無所謂啦。唉，不過這次我就去隔壁班借一下吧。」

留下沒什麼幹勁的聲音後，羽美奈走出了教室。

說不上認真的她，一直有蹺課的壞習慣。之前也因為這樣而被老師叫去訓過好幾次，但即使升上三年級，她也不像有要改過的樣子。二年級時跟我們同班的麻理子去年也常跟羽美奈一起蹺課，但升上三年級之後，由於畢業後的出路這面高牆就近在眼前，她便改變了原本的態度。

小圈圈就是在碰到這種狀況的時候很麻煩。

只要有一個人做壞事，那個人的朋友也會跟著做壞事。

在別人眼裡看起來就是這樣。

所以今年麻理子才會因為在意起自己的推甄分數而改變立場，阻止羽美奈。

不過事到如今才在意這種事也沒用吧。

我覺得已經太遲了。

不過亡羊補牢總比什麼都沒做好。

我從抽屜拿出課本與筆記本。上課是不好玩，但我也沒打算要蹺課。要保持跟同伴不一樣的良好印象，也是需要付出相應的努力。

「啊，筆記。葉月，上完課之後借我影印一下。」

我點頭答應麻理子。這時一道輕佻的聲音傳來。

「借到了。」

羽美奈拿出手上的課本給我們看，坐到位子上。

「那個……」

我不禁出聲。

映入眼簾的是下一堂課要用的現代國文課本，這點本身是沒什麼問題。

只是那本課本的封面有一條折痕。

「這個？」

羽美奈露出疑惑的表情，看著課本。

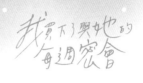

我握緊了拳頭。

我居然用彷彿羽美奈手中的課本很特別的語氣，說了「那個」——我不該開口的。不過特地收回已經說出口的話反而更奇怪，羽美奈很有可能會覺得有趣而追問起來。

「那看起來不像瑠華的課本耶。妳是跟誰借的？」

瑠華是羽美奈原本打算去借課本的朋友。但是羽美奈手上的課本不是瑠華的，也不是其他朋友的。

羽美奈手上的課本是宮城的。

因為封面上那道折痕是我弄出來的，我不可能認錯。

「妳怎麼知道？」

「就有這種感覺。」

我沒說出知道的原因。

羽美奈不知道我跟宮城熟識到光看一眼就能知道那是宮城的課本，我也沒必要讓羽美奈知道這件事。

「我本來是想跟瑠華借的，但是她不在。我就跟二年級同班的一個女生借了。呃～她叫什麼來著？一個黑色頭髮，不起眼的女生。」

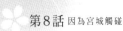

羽美奈一邊說：「就是那個……」一邊翻找自己的記憶。

但是我覺得羽美奈一定想不起來。

所以我替她回答了。

「……妳說宮城？」

「啊～對對對，就是宮城。葉月妳啊，記憶力會不會太好了一點？妳都不會忘記別人的名字耶。」

羽美奈說得一副很佩服我的樣子。她盯著課本看，然後馬上笑了出來。

「是說宮城明明那麼不起眼，課本卻大咧咧地折出了一條折痕耶，有夠好笑的。」

羽美奈咯咯笑個不停，這時上課鐘聲像是要抹去她的笑聲似的響起。麻理子連忙回到座位上，老師也走進了教室裡。

「安靜。開始上課了。」

老師拍了講桌一下說道。

然後在原本吵鬧的教室安靜下來之前，老師便開始上課。黑板上寫著即使是說客套話，也稱不上工整的字。實在不適合寫在黑板上的這些文字，就像是爬到地面上的蚯蚓一樣歪七扭八，難以辨識。

我看了斜前方的座位一眼。

映入眼簾的有一大半是羽美奈的背影，看不太到她桌上的課本。

我將目光挪回黑板上，把上面的文字抄在筆記本上。我沒有要主張那本有折痕的課本屬於我的意思，可是一想到羽美奈正在用那本課本上課，我抄筆記的手便覺得沉重無比。

老師沙啞的聲音聽起來也令人不快，讓我感到煩躁。

啪嘰。

自動鉛筆的筆芯發出微弱的聲響，應聲而斷。

羽美奈明明連宮城的名字都記不住。

我閉上了眼。

我不能去深究這本課本帶來的這些情緒是什麼。這種難以理解的情緒，只會惹來麻煩。

課本不重要，我不需要這麼介意。

我睜開眼睛，看向黑板。

聽著老師的聲音，抄寫筆記。

我在腦海裡塞了一些多餘事物的情況下反覆這些行為，這堂課就這樣結束了。

時間逐步流逝。

等我回過神來，下午的課都快上完了。

宮城偏偏不在這種日子找我。

今天這種日子妳才應該找我過去啊。

我不禁在心裡抱怨。

我今天會去妳家。

我從來沒有主動傳過這種訊息，我們之間沒有規定我不可以這麼做。只是因為宮城主動聯絡我變得太理所當然，照理來說我也可以聯絡她才對。

宣告課堂結束的鐘聲響起，我拿起手機。

我瞪著手機小小的螢幕。

「妳在等誰聯絡?男朋友嗎？」

聽到羽美奈的聲音，我抬起頭。

「我沒空交男朋友啦。」

「妳每次都說這種話。我會介紹好對象給妳，交個男朋友吧。」

「現在先不要吧，等考完大考再說。」

「妳也太認真了。妳今天是要去課業輔導嗎？」

不管我糾正多少次，總是會把考前衝刺班說成課業輔導班的羽美奈問我，我告訴她：

「今天不用去。」

「既然這樣……」

我想去那裡，還有那裡。

羽美奈說出自己的希望，隨後出現的麻理子也同意她的提案。我把手機收進書包裡。果然還是該由宮城主動聯絡我。

由我聯絡她就不對了。

在班會結束時，我們已經決定好要去的地方，一起離開了教室。

◇◇◇

連假過後，她馬上就會聯絡我。

我原本是這樣想的。可是宮城遲遲沒有聯絡我，我的手機直到羽美奈和宮城借了課本的三天後才響起。

沒差，我一點都不在意，完全不在意。

既然付錢的是宮城，她只要在自己想聯絡我的時候聯絡我就好了。

我先繞去便利商店，買了洋芋片和巧克力。宮城家幾乎不會準備零食。反正她今天大概也不會跟我說多少話，我想要是有點零食，應該能比較愉快地打發掉在她家的時間吧。

我提著裝了零食的白色塑膠袋，朝著宮城家前進。

抬頭仰望天空，天氣莫名地好，連一片雲都沒有，像是刷上了一整片藍色油漆，完全沒有任何多餘的事物。不過就像太陽會製造出影子一樣，我的心裡仍留有一些陰影，帶著不是很舒坦的感覺持續向前走。我正在前往待起來理應很舒服的宮城家，這段路途卻令我感到憤恨，腳步沉重無比。

為什麼我非得抱著這種心情不可啊？

我甩動裝有零食的便利商店提袋。

趕走企圖盤據在我腦海中的宮城，跑了起來。

大約過了五分鐘。

我用不至於會喘不過氣來的速度奔跑，並在預計的時間抵達大樓。我按下大廳的電鈴通知宮城，叫她開門讓我進去。接著搭乘電梯來到六樓，在她家大門前又按了一次門鈴後，門打開了。

「給妳。」

我脫掉鞋子之後，一張五千圓紙鈔隨著一句簡短到不行的話交到我手裡。儘管我們好一陣子沒碰面了，宮城還是表現得很冷漠。

「謝謝。」

我公事公辦地把她給我的紙鈔收進錢包裡，走進她的房間。我放下便利商店的提袋後，宮城走出了房間。我來到她房裡的書櫃前，看了看排列在書櫃上的漫畫書背，發現數量增加了不少。

我拿起一本沒看過的漫畫，往床上一坐。在我慢慢翻頁時，宮城拿著麥茶和汽水回來了。

「妳新買了一些書？」

「因為放假期間沒事做。」

宮城沒說她買了，只回答了她買這些書的理由，便陷入沉默。

房間裡的狀況跟連假之前沒有太大差別。

宮城也依然維持著對我愛理不理的態度。

我闔上漫畫，指了指便利超商提袋。

「我買了那些來，可以開來吃。」

「妳自己開啊。」

宮城連看都沒看「那些」就這樣說，朝著書櫃走去。

該說她總愛唱反調嗎？只要我說了些什麼，她就會回我一些感覺很不滿的答覆這點也沒變。平常我是不太介意，今天卻覺得宮城這樣的態度讓人有些煩躁。

「志緒理。」

我叫了宮城的名字。

「……咦？」

宮城慢了一拍才回過頭來，臉上明顯帶著厭惡的表情，我又喊了一次她的名字。

「我可以叫妳志緒理嗎？」

就我所知，她的朋友都直接用名字來叫她。

既然如此，我應該也可以這樣叫她。

我們雖然不是朋友，卻會做些普通朋友不會做的事情。既然我們之間共享著不能告訴他人的祕密，那麼用親近一點的方式稱呼彼此，應該也沒關係吧。然而宮城似乎不這麼想。

「不行。」

她用冷漠的語氣說道，接著拿了一本書，在我對面坐下。

「小氣。」

我下床，坐到地上。

我從便利商店提袋裡拿出洋芋片和巧克力，打開了洋芋片的包裝。然後把薄得可憐的馬鈴薯切片放進嘴裡。

一片、兩片、三片。

我咀嚼著洋芋片，然後吞進胃裡。

宮城明明說我不是朋友，卻像朋友那樣想要知道跟我有關的事。

想知道跟我告白的男生是誰，然後自己在那裡不高興。

那種反應看起來就是在吃醋。

她明明會吃醋，卻不肯讓我叫她志緒理。

真沒道理。

我看了宮城一眼，她正在看漫畫，沒有要抬頭看我，也沒有吃洋芋片。

「喂，宮城，我餵妳吃吧？」

我從包裝裡拿出洋芋片。

「不用，我不吃。」

「不用客氣啦。」

我拿了一片薄薄的洋芋片送到宮城嘴邊。可是她沒吃掉我手上的洋芋片，而是另外從包裝裡面拿了一片出來。

「我自己吃。」

她說完後大大地張開嘴，直接吃掉整片洋芋片。

「那這片怎麼辦？」

我讓她看看我手中這片被拋棄的洋芋片。

「我不要。」

宮城明確地拒絕我，又再從包裝裡拿出一片洋芋片，送進嘴裡。我把手上這片無處可去的洋芋片收進胃袋裡之後，抓住宮城的手。

「幹嘛？」

儘管聽到她訝異的聲音，但我選擇忽視。

我主動含住曾經在她的命令之下舔過好幾次的手指。

我將舌頭用力抵在她的手指上，一股鹹味在口中擴散開來。

「仙台同學，不要這樣。」

宮城伸手拉住了我的瀏海，可是我不打算聽她的話。我讓舌頭一路滑過手指，輕輕咬下。在我的牙齒頂到骨頭，再稍稍用力後，她便強行抽出了手指。

「就說這樣很討厭了。」

宮城氣呼呼地說，眉頭緊緊皺了起來。

看到她這明顯不悅的表情，我的心跳快了起來。

『就該露出這種表情。』

以前宮城曾經對不高興的我這麼說過。

一旦我做出厭惡的反應，宮城就會表現出一副很愉快的樣子。

我原本不能理解她的想法，但我現在懂了。看到宮城對我表現出情緒，令我興奮了起來。

「宮城妳鹹鹹的耶。」

我微笑著這麼說完後，宮城繃起了臉。

「那是洋芋片的味道吧？」

「也可以這麼說。」

「妳今天是怎麼了，不要做奇怪的事情啦。」

「如果妳不希望我做出更奇怪的事情，就命令我啊。」

跟宮城在一起，連我都不認識的自己就會從某處跑出來。如果是不久之前的我，才不會在沒有宮城命令的情況下主動舔她的手指。我明明不想跟她牽扯得太深，卻無法好好控制。

「我還沒想好。」

宮城嘀咕著。

「要幫妳寫作業嗎？」

「仙台同學，妳很吵。我會自己想，妳先不要說話。」

看樣子她今天不打算命令我幫她寫作業。

宮城把漫畫放在桌上，緩緩喝著汽水。

喜歡命令他人，但不喜歡被人命令。

宮城頂著一張寫著這種心態的臉，開始翻起書包。我因為沒事好做，便朝著洋芋片的包裝伸手過去，但又馬上縮手，舔了舔自己的指尖，有著跟宮城一樣的味道。

「仙台同學。」

看來宮城是找到想要的東西了吧，一如既往的聲音傳進我耳裡。

「這是命令，把這個藏起來。」

「橡皮擦？」

我看了看放在桌上的東西。

「對。」

「藏起來的意思是，我隨便藏在哪裡都可以？」

「不是隨便藏哪裡都可以。要藏在妳的制服裡，然後我會把它找出來。」

「……宮城妳盡是會想一些奇怪的把戲耶。」

如果是要我把橡皮擦藏在房裡的某個地方，或許還有點好玩，但要我藏在制服裡面，這遊戲本身的意義就不太一樣了。

「才不奇怪。」

「妳一定是想做些奇怪的事情吧。」

「說什麼奇怪的事情，那仙台同學，妳覺得我會對妳做些什麼？」

「妳會亂摸。」

「會想到那種事情的妳才奇怪，仙台同學好變態。」

「妳才變態。」

「妳要說我變態也沒關係，快點藏起來。」

畢竟我收了她五千圓，無權拒絕。

反正就算會被她摸，也是隔著衣服摸，不是什麼大問題。

我拿起桌上的橡皮擦，站了起來。

「那妳先轉過去。」

我說完，宮城便乖乖地轉過身去。

制服外套和裙子。

還有襯衫。

我盯著自己的制服看。

雖然命令是要我把橡皮擦藏在制服裡，但我不管怎麼看，能藏橡皮擦的地方都只有口袋。雖然真要藏的話，也是可以藏在襪子裡，不過馬上就會被她找到了吧。領帶基本上不可能，我手邊也沒有膠帶能把橡皮擦貼在領子裡面，但就算有膠帶，那樣也太顯眼了。

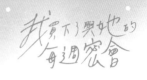

能藏的地方有限。

宮城也很清楚這點，所以這場遊戲我根本是必輸無疑。我想她的目的應該是以尋找橡皮擦為藉口，趁機摸我，然後看我做出厭惡的表情或是反應。

追根究柢，她根本沒說這是一場遊戲，也沒說輸的那一方要受到懲罰。

所以我只要隨便藏藏，敷衍宮城就好。

我把已經用過的橡皮擦放進制服外套的右邊口袋裡。反正不管放哪個口袋都馬上就會被她找到了，不如放在一個比較好拿的地方。

「我藏好了，妳可以轉過來了。」

我喊了宮城後，她靜靜地轉身，盯著我看。

因為我的口袋有微微鼓起來，她應該一看就知道我把橡皮擦藏在哪裡了。實際上，宮城的目光的確在我的制服外套右邊口袋上停留了一下。可是她沒開口說她找到了。只是默默地靠過來，像在電視節目上看到的某些安檢人員那樣，隔著我的制服外套，開始搜我身。

我想也是。

早就猜到是這麼回事了。

宮城機械式地碰觸我的肩膀和背部，這樣的行為是不至於令我感到不快，但我的心胸也沒有寬大到讓人這樣亂摸還覺得好玩的程度。不過她畢竟是隔著制服外套摸，所以我也不是太在意。

宮城的手刻意避開口袋，摸向裙子。

她摸著我的腰骨附近，像是在拍打大腿那樣尋找著橡皮擦。

然而橡皮擦不可能藏在那裡，所以她的手最終還是來到了裙子的口袋處。她先柔和地撫過口袋上方，接著繞到我身後。我本想轉頭看看她打算做什麼，她卻搶先我一步，將手伸進了口袋裡。

原來是從前面不好伸進來啊。

在我心想著「原來如此」，理解了她的行為時，宮城的手在裡頭摸來摸去，我不禁抓住了她一直亂動的手。

「妳的手不要亂動啦。」

製作口袋的布料比裙子本身的布料還要單薄。明知道橡皮擦不在口袋裡，還刻意仔細確認的這隻手，就像直接摸在我大腿上一樣，感覺有點噁心。

「不動的話，不就不知道橡皮擦有沒有藏在裡面了嗎？」

「一般來說，手伸進來的瞬間就會知道了吧？」

「不知道。」

不聽話的宮城又打算動手，於是我硬把她的手從口袋抽了出來。

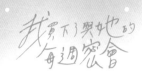

我就知道事情會變成這樣。

她應該是在報復我。

因為我直接叫她志緒理，又舔了她的手指，做了一些戲弄她的行為，她才會報復我。雖然我不清楚她接下來打算做什麼，不過肯定不是我會覺得愉快的事。

「可以不要找了嗎？」

「不可以。」

宮城這麼說，接著站到我面前，解開我制服外套的釦子。

我早知道她不會罷休，她會解開我制服外套的釦子也在我預料之內，可是我的身體還是反射性地僵住了。宮城打開我的制服外套，目光由上往下，掃過早該知道不可能藏有橡皮擦的襯衫。接著伸出右手，觸碰我的側腹。

她的手像是在仔細摸索似的移動著，我按住了她的手臂。

很癢。

隔著制服外套我還可以忍受，但是襯衫的布料太單薄了。只要她的手一動，我就覺得渾身發毛，不太想被她摸。明明有制服隔開我和宮城，我卻覺得她好像在直接摸我的身體。

這只是一場遊戲。

不用太介意。

我雖然這樣告訴自己，可是襯衫實在太不可靠了。單薄的布料把宮城的體溫傳遞給我，讓我的腦差點誤以為我們正在做不該做的事。

我覺得差不多該停止了，但宮城不僅沒有停手，甚至還更用力地摸了上來。她像是在撕開麵包一樣，用力地捏了我的側腹，讓我的身體為之一顫。當我回過神來，發現她的左手已經在腰骨稍微往上的位置游移。

「原來妳側腹這麼禁不起摸？」

宮城用擺明就是在調侃我的語氣說。

「與其說禁不起摸，就是會癢啊。」

「那就是禁不起摸嘛。」

宮城的指尖緩緩撫過側腹。

襯衫摩擦著我的身體，令我不禁顫抖。

指尖往背部滑去，指甲像是在寫字一樣，在我的襯衫上移動。

我抓住宮城的手臂。

她碰我的方式跟剛剛不同。

儘管她臉上表情和平常並無二致，但該說她的摸法很色情嗎，總之不是朋友之間的觸摸方式。這跟我和羽美奈她們打鬧時互相觸摸彼此的感覺不一樣。

如果是一開始那種不帶感情的摸法還無所謂。

我可以當作這只是一場遊戲。

但這個方式就不好了。

「我會癢，不要這樣。」

要是再這樣讓她摸下去，我覺得心裡會冒出一股不太好的情感，所以我更用力的抓住了她手臂。

「那我要找其他地方，放開我。」

「我可以放開妳，但妳要是再做出同樣的事，我就會打妳。」

「使用暴力不是違反我們的規定嗎？」

她的聲音聽起來很平靜，但是這種事不用她說我也知道。而且我自己沒事也不想打人。

「妳一定要去找別的地方喔。」

我再次叮嚀之後放開手，宮城沒有再做出一樣的舉動。相對的，她獲得自由的手伸進了我襯衫胸前的口袋裡，我想起她的手在我裙子口袋裡做過的好事。

「妳是明知道橡皮擦不在那裡，還刻意這麼做的吧？」

我踢了一下宮城的腳，以示抗議。

我不希望她隔著襯衫這麼不可靠的單薄布料摸我。

「仙台同學，妳違反規定了。還有不好好確認，我怎麼知道妳是不是真的沒有藏在這裡呢？」

「妳很討厭耶。」

宮城的語氣相當愉快，真的很令人惱火。

「沒事。我知道不在這裡了，我會去找其他地方。」

我不知道她這句沒事是在指什麼，但她把手從我胸前的口袋裡拿了出來。

「快結束這遊戲啦。答案根本就顯而易見吧。」

我不想再玩這種遊戲了。

我很清楚，再繼續下去也沒好事。

「再陪我一下嘛。」

「妳還想幹嘛？」

「我要解開妳的領帶。」

「啥？」

宮城忽略我下意識脫口而出的話，就這樣鬆開了我的領帶。然後她毫不猶豫地摸了我的脖子，手掌緊密地貼合在我的肌膚上。

跟隔著布料截然不同的明確感覺。

宮城的手顯得異常地火熱。

說不定是我自己的體溫升高了，但我分不清楚。她的手更用力地按了上來，我有種自己和宮城之間的界線變得模糊不清的感覺，或許是因為那裡是她的唇曾經碰觸過的位置。

「志緒理。」

我用宮城說了不行的方式叫她，將自己的手疊在她的手上。

「不要那樣叫我。」

宮城連同我的手一起，將原本幾乎要與我的脖子黏一起的手強行扯開，並且皺起眉頭，像是生氣了那樣瞪著我。

看到她一臉苦悶的表情，讓我原本逐漸沉重的心情輕鬆了許多。

宮城最好也多少感到困擾一下。不然只有我覺得困擾，太不公平了吧？

「要我再叫一次嗎？」

聽到我柔聲地這麼問，宮城眉間的皺褶更深了。儘管不清楚理由，但對她來說，被我呼喚名字似乎是件很不愉快的事。

「妳不要說話。」

宮城不悅地說，用手捏住我的襯衫鈕扣。

「妳想做什麼？」

她沒回答。

宮城默默解開我的襯衫鈕扣。

上面兩顆釦子原本就沒扣上，所以她解開了第三顆釦子，我出手按住正打算解開第四顆釦子的宮城肩膀。

「等一下。」

「幹嘛？」

「妳放開手。妳是想脫光我的衣服嗎？不需要這麼做吧。」

我拉開宮城的手，扣上被她解開的釦子。

她一定不是真的想要脫掉我的衣服。我覺得只是遊戲到了途中就變成在挑戰雙方的底線，比誰先開口認輸而已。我們彼此應該都知道那條不能跨越的界線在哪裡。

「我只是想說會不會藏在衣服裡面。」

「我怎麼可能會藏進來，妳這樣違反規則吧？」

「我們的規則是說不可以做愛，但沒說不能脫衣服吧？」

「那現在立刻加這條規則進去。」

「只是開玩笑而已。我怎麼可能會脫妳衣服啊？」

我知道。

我也知道她只是在開玩笑。

這不過是在玩文字遊戲的一環，她只是在等我求她停下來。

儘管如此，我還是覺得這種玩笑太惡劣了。

「妳根本就知道我藏在哪裡吧？」

我用力踩了宮城一腳，她才碰了碰我制服外套的右邊口袋。

「這裡？」

「答對了。遊戲到此結束。」

我在她開口說再玩一次之前宣告遊戲結束，重新繫好領帶。對她抱怨了一句：「宮城妳這個大色狼。」後，坐到床上。

「所以今天的命令結束了嗎？」

我這樣問她，宮城一臉無趣地回了：「結束了。」喝了一口汽水。她把喝完後的空杯子放在桌上，背靠著床鋪，坐在地上。

我看不到她的表情。

也不知道她在想什麼。

她整個人都很奇怪。

才覺得她一時興起地接近我了，她又很快就把我當成玩膩的玩具給丟掉。

第8話 因為宮城觸碰了我

宮城的制服碰到了我的腳。

我覺得她的制服外套弄得我很癢，拍了一下她的肩膀。

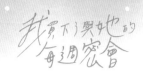

第9話　即使仙台同學察覺了也無所謂

我知道即使打開冰箱，裡面也什麼都沒有。

我在廚房嘆氣。

如果仙台同學沒有買材料過來，就連炸雞塊都做不了。

——不過就算有材料，我也不會做炸雞塊。

「要吃什麼好呢？」

我說得一副有很多選項的樣子，但是說起這個家裡常備，又可以輕鬆弄來吃的東西，就只有一種。我關上冰箱，從廚房櫃子裡拿出兩碗泡麵，拆開其中一杯的包裝膠膜，撕開杯蓋。正打算拆開第二杯的膠膜時，才意識到我不需要做這件事。

「啊，真是的。」

在我臨時起意下開始的找橡皮擦遊戲結束後，總覺得氣氛有點尷尬，我就讓仙台同學先回家了。即使如此，我還是差點準備了兩人份的晚餐，這都是因為在她有來的日子，我們會一起吃晚餐這件事幾乎已經變成了一種慣例。那就像是在不知不覺間養成的習慣動作，讓我的身體自己動了起來。

我把多出來的那碗泡麵放回櫥櫃，將泡麵放在吧檯桌上，倒入熱水壺裡的熱水，然後設定好廚房計時器，等上三分鐘。

這格外寬敞的廚房和客廳，讓我有種彷彿有什麼東西潛藏在某處的感覺，只有我一個人在的時候，總是沒辦法靜下心來。我明明待在自己家裡，可是除了自己的房間以外，其他地方感覺就像是別人的家。

我回過頭，看著沒人會打開的電視和沒人使用的桌子。

我上一次在這裡和爸爸一起吃飯，是什麼時候的事情了？

我試著回想卻想不起來。面對這尋找不出的記憶，我不禁「唉」地嘆了一口氣，這時廚房計時器響起了尖銳的提示音，害我嚇得抖了一下。

「嚇死我了。」

對心臟真不好。

跟仙台同學的所作所為一樣，對心臟很不好。

今天她突然叫我「志緒理」，害我的心臟差點停止跳動。只有舞香跟亞美會直接叫我志緒理，仙台同學至今從沒這樣叫我過。所以這個出乎意料的稱呼方式，打亂了我的呼吸節奏。

我覺得她叫了我的名字我卻沒有馬上回頭，那也是無可奈何的事。
我撕開泡麵的杯蓋，把麵條送進嘴裡。
「不太好吃耶。」
雖然泡麵本來就不怎麼好吃，但是跟人一起吃的時候感覺還是比較美味。
即便那個人是仙台同學，也總比沒有人好。
可是仙台同學今天做了跟平常不一樣的事，我只好一個人吃晚餐。
「今天到底是怎樣啊？」
儘管仙台同學原本就很會裝熟，然而她現在又變得比以前更會裝熟了。她與人之間的距離感很奇怪，不僅在我沒有命令她的情況下跑來舔我的手指，還突然直呼我的名字。然後用一副彷彿在說「可以再親近我一點也沒關係喔」的態度碰我，讓我變得也想試著碰觸她。
結果就是那場找橡皮擦的遊戲。
仙台同學很奇怪。
她的腦袋一定有問題。
如果她是個正常人，我就不用落入一個人吃晚餐的下場了。
到底是發生了什麼事，才會導出這樣的結果呢？
我根本就想不──

我拿出麥茶，把玻璃杯放在桌上。

我用指尖撫過自己的脖子，感覺自己的手格外冰冷。

我猜仙台同學已經發現我做的事了。

仙台同學折到我課本封面的那一天，我碰了她的脖子。她也是在那之後才開始做出一些捉弄我的行為。原本仙台同學的態度都還算順從的，最近卻有點叛逆，總是做出一些不必要的行為。我不希望她叫我的名字，也不希望她做我根本沒有命令她做的事。

這裡是有規則的。

只要遵守規則，仙台同學就會遵從我所有的命令。

只要不超出規則的範圍，我可以下達任何命令。我要是想碰觸她就可以碰，也可以要她改掉那種叛逆的態度。如果我真的想，也可以命令她「忘掉」我希望她忘記的事，所以即使仙台同學發現了我做過的事情也無所謂。不會有任何問題。

儘管如此，我今天卻尷尬得像是自己做了什麼不該做的事。

我吃掉放太久，已經泡得軟爛的泡麵，喝下麥茶。

果然不好吃。

反正這也不是需要細細品嚐的食物，我把剩下的麵灌進胃裡後起身。收拾好製造出的垃圾，關燈。

在變得一片黑的客廳裡面，我甚至連自己的輪廓都無法掌握。

我對著已經熄滅的燈，舉起仙台同學的舌頭舔過的手指。

在什麼都看不見的情況下，用嘴唇輕碰，確認指尖的存在。

我的指尖理所當然地沒有任何味道，我回到自己的房間裡。

「啊，橡皮擦。」

我看到打開的書包才想起來，仙台同學沒有把橡皮擦還給我。

「應該要好好還給我啊。」

這樣我不就不能寫作業了嗎？

雖然我沒什麼幹勁，但我本來還是有要寫作業的。可是仙台同學害我沒辦法寫了。早知如此，命令她幫我寫作業就好了。不過仙台同學已經回家了，我就算在這裡抱怨，橡皮擦也不會回到我手邊。也不會有人像變魔術那樣，幫我寫完作業。

明天跟舞香借來抄吧。

我把作業的希望放在明天的舞香身上，提早上床睡覺。

結果隔天早上，我先到便利商店買了橡皮擦才去學校上課。

仙台同學雖然就在隔壁班，但她不會來還橡皮擦給我。即使我倆在走廊上擦身而過，也不會提起橡皮擦的事。因為我們說好了在學校不會跟對方搭話，所以就是這麼回事。我並未對此有任何不滿。至於橡皮擦的下落，等下次找她來的時候再問她就好了。而且我有新的橡皮擦，不會因此感到不便，橡皮擦本身也只是個便宜的消耗品，就當作我自己弄丟了也無所謂。

只不過在那之後，都沒有發生任何會讓我想找仙台同學來的討厭事情，畢竟我之前就想說只是有一點不順的話，我就自己忍耐一下。而且也有種不太好再開口找她過來的感覺。不過從我最後一次找她過來時起算，過了一週之後，我還是得再找她過來。

因為我要是突然不找她過來也很奇怪。

我第一次在沒事的情況下，傳了訊息給仙台同學。

『今天來我家。』

她馬上回訊息告訴我她今天要補習，於是到了隔天她才來我家。

◇◇◇

我們也不算很久沒見到面。

即使如此，由於她身上的制服從冬季制服變成了換季用的款式，讓我覺得仙台同學跟平常不太一樣。或許是因為這樣吧，她在我房間裡，反而讓我覺得有點靜不下心來。

「宮城，妳怎麼了嗎？」

仙台同學一邊解開襯衫釦子一邊說。

「為什麼這樣問？」

「嗯～因為妳不太找我過來了。」

「只是因為我很忙。」

「是喔～」

仙台同學沒有問我為什麼很忙。

當然就算她問了，我也不打算告訴她。因為我其實根本不忙，回答不出什麼具體的內容。

我拿了麥茶和汽水來，交給仙台同學五千圓。

「謝謝。」

她跟我道謝之後收下錢，坐在床上。

我因為她一如往常地收下五千圓而感到安心。除了身上的制服從制服外套換成了針織背心以外，仙台同學沒有什麼改變。她還是老樣子，解開了兩顆襯衫釦子，並鬆開了領帶。

「妳不脫掉那件嗎？」

我隔著桌子坐在仙台同學對面，並指著她的背心問她。接著就聽到她消遣我的聲音。

「宮城妳真的很喜歡要別人脫衣服耶。」

「我不是這個意思。仙台同學妳不是都會脫掉制服外套嗎？」

「我知道啦。所以今天要做什麼？」

「妳很猴急耶。」

今天明明沒有發生什麼討厭到讓我想找她來的事情，我卻找了她過來。所以我一時半刻間還想不到要命令她做什麼。

「總之先寫作業吧。」

我沒有特別想念書，可是也沒有其他方法能讓仙台同學安靜下來了。雖然我可以命令她幫我寫作業，不過那樣我就沒事做了。

今天要是不找點事情做，我怕我會做出一些不必要的事。

「那妳的作業給我。」

仙台同學起身，坐到我身旁。

「我會自己寫，仙台同學妳隨意就好。」

我再次坐到仙台同學對面，拿出課本和筆記本放在桌上。

「宮城妳要自己寫？」

仙台誇張地做出驚訝的反應。

「我是打算自己寫啊。」

「妳今天沒有要命令我幫妳寫作業嗎？」

「沒有。」

「宮城竟然突然變乖了。」

「我原本就很乖啊。」

「那我也來寫作業好了。」

仙台同學用沒什麼幹勁的語氣說完後，從書包裡拿出了英文課本和筆記本。接著又拿出幾份講義放在桌上。

我馬上聽到筆在紙張上書寫的聲音。

我低頭看向數學課本。看著上面有許多數字、英文字母以及各種記號的課本，我頭都暈了起來。雖然這世上是有人認為數學公式看起來很美，但我只覺得那都是些看不懂的暗號。說是這樣說，我還是得試著去解題，不然沒辦法寫作業，所以我在腦海中尋找著公式。然而我卻遲遲找不到應該已經學過的公式。

我偷偷看了仙台同學一眼。

她正以漂亮的筆跡接連寫出英文字母。

振筆疾書的聲音毫無窒礙，感覺仙台同學好像沒有答不出的問題一樣，讓我有點羨慕她。

我繼續跟數學公式搏鬥。

我不時停下手，緩慢地解題，寫作業的進度不如預期。在安靜的房間裡，唯有時間不斷地流逝。一直看數字的眼睛越來越疲勞，我不禁輕輕嘆了一口氣，這時一枝筆從對面滾過來。我抬起頭，仙台同學正在看著我。

「妳寫完了？」

「寫不完。」

我冷淡地回答，把筆還給她，接著低頭看向課本，這時她戳了戳我的髮旋。

「好痛。仙台同學，妳不要干擾我啦。」

「要不要我教妳？」

不必，我自己想。

在我開口拒絕她之前，仙台同學已經來到我身邊。

「沒關係，不用妳教。」

「可是我沒事做。」

她邊說邊探頭看我的筆記本，於是我推了推她的肩膀，和她保持距離。

「妳跟平常一樣去看漫畫不就得了？」

「大多看過了啊。」

「我有買了一些新的，去看那些啊。」

我在沒找她來的這一週內買了兩本漫畫。我覺得有兩本漫畫應該夠她打發時間了，仙台同學卻沒有去拿漫畫，反而搶走了我的筆記本，指了指正中央的位置。

「妳這邊寫錯了。」

「咦？」

「這邊，算錯了。還有這裡。」

仙台同學拿起自己的筆。然後在我沒有拜託她的情況下，逕自開始訂正我寫錯的地方，並開始解說。

她的說明淺顯易懂。

她用連我都能理解的方式，細心地教導我。

問題是她貼得很近。

「等一下，仙台同學，妳靠太近了。」

我剛才應該有稍微拉開一點距離了，仙台卻在我們的制服幾乎會碰在一起的位置上。

「會嗎？」

「妳最近很會裝熟耶。這樣很煩，離我遠一點。」

我推開仙台同學的手臂，把她趕到桌子的角落去。

「說我很煩是不是有點過分啊？」

「才不過分。而且妳這樣靠著我很熱。」

五月明明才過了一半左右，都還沒結束，宛如夏季的酷熱天氣卻持續了好幾天。即使對象不是仙台同學，我也不想在這個氣溫下跟人靠在一起。

「妳不希望我靠近妳的原因就只有那個？」

「對。剩下的我自己寫，仙台同學妳去旁邊啦。」

我指了指書櫃。

我順便把我新買的漫畫書名告訴她，拿回在不知不覺間被仙台同學搶過去的課本和筆記本。可是不管我怎麼等，她都不肯起身去拿漫畫。甚至還縮短了我刻意拉開的距離，又把我的課本和筆記本給挪了過去。

「我不是說很熱嗎？」

「我不熱啊。」

「騙人。仙台同學妳明明就怕熱。」

冬天的時候，可能是因為我把電暖器的溫度設定得比較高，仙台同學總是會脫掉制服外套。

我覺得剛剛好的室溫，跟她覺得剛剛好的室溫不一樣。

在相對怕冷的我會覺得熱的房間裡，仙台同學怎麼可能會覺得不熱？

「這樣就不熱了啊。」

仙台同學拿起放在桌邊的空調遙控器，按下開關。

「妳不要擅自打開啦。」

我搶走遙控器，切斷電源。

她到底是怎樣。

仙台同學比之前更纏人地接近我。

「我說宮城。」

我才不要這樣隨她起舞。

我看向課本，忽視她的存在。我雖然拿起了筆，想繼續試著去解我剛才解到一半的問題，仙台同學卻無視我想繼續寫作業的念頭。

「這裡。」

她的指尖撫摸著我的脖子。我忍不住抬起頭，她的手掌便整個貼了上來。

「妳知道我為什麼摸妳這裡吧？」

仙台同學平靜地說完這句話，又接著說下去。

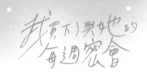

「我睡著的時候，妳為什麼吻了這裡？」

她的手再次撫摸我的脖子。

「妳既然發現了，當下問我不就好了嗎？為什麼到現在才問？」

「妳要問我問題，就先回答我的問題。」

她沒有生氣，但語氣也稱不上和善。

我認為仙台同學有權質問我。

而且想到我的所作所為，我也認為自己該回答她的問題，可是即使她問我「為什麼？」

我也不知該怎麼回答。因為我自己更想知道我為什麼會做出那種事。

「宮城，回答我。」

她平靜地催促我，我拉開她那隻貼在我脖子上的手。

「我只是用嘴碰了妳，不是要吻妳。」

「一般來說不會想用嘴碰這個地方吧？」

「妳這不是知道答案了嗎？就是因為一般來說不會這樣做啊。」

仙台同學說得沒錯。

一般來說沒有人會用嘴唇去碰熟睡中的她的脖子。

我是故意碰了那裡的。

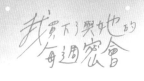

我確實記得這件事，然而我無法解釋自己的行為。我並非基於什麼理由才這麼做，就算有，那理由也存在於我自己沒有意識到的地方吧。

我闔上課本，彷彿在逃避仙台同學的目光。

如果我現在命令她「不要再追問了」，的確可以強行結束這段尷尬的時間。不過要是我這麼做，她之後只要找到機會，一定會再提起這件事。

我覺得那樣很麻煩。

「我又沒有多做什麼，無所謂吧。這樣妳能接受嗎？」

我沒有看著仙台同學，像是在找藉口給老師一樣地補上這段話之後，襯衫袖子被拉了一下。我因此看向了我明明不想看的仙台同學，打算再別開視線時，她用格外認真的表情開口說了。

「那現在呢？妳想碰我嗎？」

我不懂她為什麼想問這種問題。

我也不知道她是否接受了我剛剛的回答。

跟人之間的距離感還是很奇怪的她就在我身旁，手依然抓著我的襯衫袖子。我希望她能稍微離我遠一點，但她全身上下都散發出若是我不回答，她就不會放開我袖子的氣勢。

「妳這是在命令我回答妳？」

「能下命令的是宮城妳吧。我這只是單純的提問。」

「如果我說我想碰，妳會讓我碰嗎？」

「妳想碰哪裡？」

「是誰說要提出問題前，得先回答問題的？」

「我的答案會因為妳的答案而有所不同。」

她平靜的聲音迴盪在我的耳中。

有些地方可以讓我碰。

我想她的話應該是這個意思。

不過，為什麼？

仙台同學盡是說些平常的她不會說的話，害我無法整理好腦中的思緒。

要是我說「哪裡都好」呢？

說不定她只是在鬧我。

追根究柢，我現在真的想碰仙台同學嗎？

腦中浮現出許多念頭，又像汽水的氣泡那樣消失。記憶的碎片也隨之迸裂，讓我想起那天睡在床上的仙台同學。

我那天也碰了仙台同學的嘴唇。

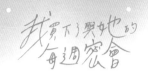

在碰到脖子之前，先用指尖滑過的嘴唇，宛如棉花糖那般柔軟。

如果可以，我想要碰那裡。

我朝仙台同學伸出手。雖然我沒有回答她的問題，但她似乎理解了我的意圖，並沒有躲開。原本被她抓著的襯衫袖子也重獲自由，我的指尖毫無窒礙地觸及她的唇。

果然很軟。

我輕輕按了按後，仙台同學舔了一下我的手指，嚇得我急忙縮手。

「妳命令我啊。」

仙台同學稍稍壓低了聲音說道。

不過在什麼時候，要下達怎樣的命令，全都取決於我。

不是仙台同學。

「宮城。」

她堅定地喊了我的名字，彷彿在催促我命令她。

順著仙台同學的話下命令會讓我有點不爽。而且她命令我，要我命令她，這也太奇怪了。儘管我心裡這麼想，還是不爭氣地開了口。

「……閉上眼睛。」

「好。」

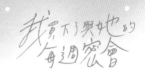

仙台同學錯了。

如果她知道這項命令代表著什麼意思，這時候就該出言抱怨。然而她閉上了眼。她不可能不知道接下來會發生什麼事，還是遵從了我的命令。

我的指尖碰到她的臉頰。

臉上有鼻子、眼睛和嘴巴。

只是仙台同學臉上的這些器官，排列的比一般人更好看一點，儘管不到模特兒或偶像的程度，她還是有一張漂亮臉蛋。說她是美女也不為過。

直到我在書店拿出五千圓之前，我們沒有任何交集。

照理來說仙台同學應該不會來我家，也不會聽從我的命令。如果像現在這樣分到了不同的班級，她甚至會把我忘得一乾二淨吧。

所以這是不應該發生的事情。

我無法理解仙台同學為什麼會閉上眼睛。

說不定我一靠過去，她就會睜開眼睛，笑我竟然當真了。儘管我不覺得她是會這樣惡搞的人，我的腦袋卻跟不上眼前這不可能發生的情境。我明明這樣想，身體卻不自覺地靠近仙台同學。

等我回過神來，我和她的嘴唇之間已經只剩下不到五公分的距離。

心臟好痛。

我沒辦法順利地吸氣、吐氣。

我應該是忘了怎麼呼吸吧。

我用摸在仙台同學臉上那隻手的拇指輕觸她的嘴角。

仙台同學動也沒動。

我又稍微靠近了一點，然後我也閉上了眼。

這很簡單。

她不會違抗命令。不到五公分的距離轉眼間就消失了，若是我不想閉上眼，不閉也沒關係。

我微微偏頭。

——真的可以碰嗎？我開始沒有信心了。

要是我真的吻了仙台同學，她可能就再也不會到這房間裡來了。這想法突然浮現在我的腦海當中，於是我推開了她的肩膀。

「對不起，妳今天就先回去吧。」

「咦？」

仙台同學睜開雙眼。

「宮城？」

她的語氣相當驚訝。我拉著她的手讓她站起來，動手收拾好她的東西，把書包遞給她。打開房門，推著她的背。

我不知道現在做什麼才是對的，也無法思考。雖然可能有比請她回去更好的辦法，但我現在沒有餘力去找出那個辦法。而且我不想讓仙台同學看到我的臉。

我希望她不要回頭，就這樣回家。

「等一下。」

仙台同學似乎沒打算就這樣乖乖走人，她試圖向右邊轉身，我卻強行把她從房間帶到了玄關。

「抱歉，我會再聯絡妳。」

「為什麼」，還是「我有話要說」之類的。

仙台同學嘴裡喊著這些話，我卻沒有聽進去。總之我逼她穿上鞋子，把她趕出了玄關。

「宮城，妳開門啊。」

我聽到她在敲打門板的聲音。

我沒有要開門。

我要是開了門，她一定會罵我。平常我都會送她到一樓的，可是今天沒辦法。

第9話 即使仙台同學察覺了也無所謂

「我說宮城！」

仙台同學在門的另一邊喊我。

我為什麼打算要吻她？

我為什麼沒有吻她？

我倚靠著門板，覺得自己已經什麼都搞不清楚了。

背後傳來「咚咚咚咚」的悶重聲音。

這麼說來，我忘了問她橡皮擦的事。

我直到現在才想起這件事。

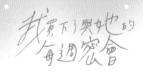

第10話　宮城錯了

奇怪。

太奇怪了。

為什麼我非得被她趕出房間啊？

我不知道已經敲了幾下，但我「咚」地一聲，停下了敲著宮城家門板的手。

我再敲下去宮城也不會出來應門，這樣只會給她的鄰居添麻煩。

但我不能接受。

因為有問題的是宮城。

我什麼都沒做。

企圖要做些什麼的人是宮城，所以有權利感到不滿的人應該是我，不是宮城。

我本來想再敲一次門，不過猶豫了一會兒之後，還是轉身背對了玄關。從六樓往下俯瞰，只有人和車的街景實在說不上美麗。看來這棟昂貴的住宅大樓注重的是便利性，對景觀不是那麼講究。

不好玩。

不管是景色還是宮城，一切都不好玩。

我深深呼出一口氣，朝電梯走去。平常宮城都會跟我一起搭電梯下樓，今天卻只有我自己。我穿過一樓大廳來到外面，走在街上。

至少宮城應該不討厭我。雖然我們不是情人也不是朋友，但我認為應該有類似好感那樣的感情存在。所以她在那時候趕走我真的很奇怪。

「搞得好像都是我不對一樣。」

命令我閉上眼睛的是宮城，想吻我的也是她。

然後她又自顧自地放棄，要我今天先回家。

在事情在這種不上不下的地方作結，連話都不聽我說，就直接把我趕出來，這可不是命令他人的一方該有的行為。

……不對，我這是在說謊。

這不是宮城主動命令我的。

是我誘導她下達了這樣的命令。

如果跟宮城接吻了，我會變得怎麼樣呢？

我很想知道這件事，所以要她命令我。

不過決定下達這個命令的還是宮城。最終仍是她自己選擇要這樣命令我的，所以我覺得她應該要負起責任。要說我是遷怒也無所謂，一切都是在那種情況下喊停的她不好。

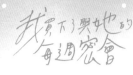

我加快腳步。

我用幾乎會喘不過氣來的速度回到家，把自己關在房間裡。雖然覺得肚子好像餓了，但我沒心情吃晚餐。我脫掉制服，換上家居服，然後從書包裡取出錢包。

「就算我還給她，她也不會收吧。」

我覺得今天自己的行為不值得她付五千圓。

可以的話，我很想把這筆費用退還給她，但是宮城很頑固，所以她一定不會收。不僅如此，她還有可能會就此不再聯絡我。

我把五千圓塞進存錢筒裡之後拿起存錢筒。我不知道存錢筒是否有變重，不過五千圓確實持續在增加，我的心情就跟裡頭裝的五千圓數量一樣沉重。

「宮城這個笨蛋。」

我對著存錢筒抱怨，往床上一躺。

每當碰到這種情況，宮城就會躲我。

放春假前，她潑了我一身汽水的時候也是這樣。她在那之後一直躲我，不肯聯絡我。她會衝動地採取行動，等到不知該如何是好時就躲我。還以為這樣就可以解決問題。

「反正這次她也會做一樣的事吧。」

結果我的推測成真，接下來五天宮城都沒聯絡我。

放學後，我在教室盯著手機螢幕看。

要說「才過了五天」也是可以，但是考量到我和宮城之間發生的事，五天算是漫長的了。之前也發生過她這麼久沒聯絡我的情況，可是這次我覺得不管是等上一週還是兩週，她都不會聯絡我。

至今為止，從未道歉過的宮城道歉了。

我不知道她為何決定道歉，不過我認為那足以作為宮城逃避我的理由。

我把手機收進書包裡，看了坐在斜前方的羽美奈一眼。我向正熱烈地和麻理子討論放學後要去哪裡的她搭話後，她便把已經決定好的行程告訴了我。

「我正好在跟麻理子討論，不過今天就去老地方吧？」

「抱歉，我今天要去補習。不好意思，下次再一起去吧。」

「咦～妳偶爾蹺個課也無所謂吧？」

「要是被父母親知道了，會很麻煩啊。」

「就給他們罵一下啊，又不會怎樣。」

麻理子也隨便地應了句：「就是啊。」贊同羽美奈這不負責任的發言。

「下次我再請妳們。」

我一邊提出幾家口袋名單，一邊跟羽美奈她們一起走向鞋櫃。我跟她們兩個一起換好鞋，在校門口道別。等羽美奈她們都離開之後，我才走上不是通往補習班的路。

我之前從來沒有蹺過補習班的課，但我今天不想去。雖然這樣對羽美奈她們不太好意思，可是我已經決定好放學後要做什麼了。

我的目的地是宮城住的大樓。

我快步走在已經熟悉的道路上，轉眼間就到了。

人都到了這裡，我要做的只有一件事。

我按下大廳前的門鈴呼喚宮城。可是沒有人回應。

「想也知道她不會應門就是了。」

一次、兩次、三次。

我接連按下門鈴，卻還是聽不到宮城的聲音。

我早就料到會是這樣了。

於是我拿出手機，傳了訊息給宮城。基本上都是她主動傳訊息給我，要我放學後過來，

我沒有傳訊息說我放學後會過來，但這是我第二次傳訊息要她開門讓我進去了。

『宮城，出來應門。』

『妳在家吧。』

『不要忽視我，讓我進去。』

我傳送的幾條訊息都顯示已讀，可是沒有回應。我雖然覺得自己這樣很沒教養，還是猛按門鈴。在放完春假，我們重新分班之後，我曾經在這裡做過同樣的事，那時候她開門讓我進去了。不過今天她不僅不肯應門，也沒有回覆我的訊息。

這讓我很不爽。

非常不爽。

我第一次打了電話給她。雖然我早就知道會這樣了，但是我打出的電話只有鈴聲持續響著，我還是沒聽到宮城的聲音。

『接電話。』

我傳的訊息甚至連已讀都沒有了。

「為什麼這麼不肯聽人說話啊，又不是小孩子了，起碼回個訊息吧。」

期中考快到了。

我覺得現在不是在這種地方瘋狂傳訊息給宮城的時候，可是這個問題不解決，我又不能靜下心來好好準備考試。必須要記下來的內容，我全都沒辦法裝進腦袋裡去。

都是宮城害我變得這麼慘。

這就像一種惡性暈眩症狀，讓我的情緒飄搖，無法穩定下來。

我離開大樓，準備回家。

這其實不是什麼大問題。

真要說起來，就算我跟宮城之間的關係就這樣斷了也無所謂。也就只是原本應該會維繫到畢業為止的關係，提前結束罷了。我是覺得有些遺憾，但也無可奈何。我會因此失去一個舒適的去處，不過我可以再去找下一個。

可是我不能接受我們的關係結束在這種不上不下的情況下。

我不知道自己是怎麼走回來的，但還是回到了家。

想必是順著平常走的路線走回來的。

除了宮城無視我之外，沒有任何不同的日常生活。

我回到房間，看了看桌面。

只要有個契機就行了。

我把宮城那塊之前都被我丟在桌上的橡皮擦，收進了筆袋裡。

◇◇◇

老師話很多。
我甚至覺得老師是故意講這麼多話的。
下課鐘聲早就響了。
我闔上課本和筆記本，從筆袋裡取出橡皮擦。在心裡發念要一直賴在講台上不走的老師趕快出去，用腳尖敲著地板。
快點、快點、快一點啦。
我望穿秋水地直盯著老師，老師一邊交代著作業要這樣又那樣，一邊發下講義之後，才慢吞吞地走出教室。我立刻收拾好桌面，向坐在斜前方的羽美奈搭話。
「抱歉，妳們先吃。我要出去一下。」
雖然午休算是比較長的休息時間了，但考慮到我接下來要做的事情，午休時間都還是嫌短，我沒空磨蹭。
「是沒關係，不過妳要去哪？」
「去一下隔壁班。」
我留下這句話後，便走向隔壁班。
我手裡握著一塊橡皮擦。
橡皮擦的主人就在隔壁班。

我來到走廊上，二班就在旁邊，我用親切的笑容和在二班門口附近的女生打招呼，請她幫我叫宮城出來。隨著一聲「宮城同學～」的叫喚聲，一道耳熟的「怎麼了？」傳入耳中。

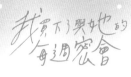

聲音是從窗邊靠中間的地方傳來的。

正跟朋友在一起的宮城露出了驚訝的表情。而幫我喊她的女同學像是要再給她一擊似的，又補了一句：「妳朋友來找妳喔。」

宮城因為這句話而顯得很不高興。

但也只有短短一瞬間。

她果然不至於會在學校發脾氣啊。

我是覺得她要是真的生氣，那也挺有趣的，不過宮城顯然沒打算放棄做表面工夫。聽到「朋友」兩字而睜大眼睛的宇都宮她們對宮城說了些什麼，她略顯尷尬地回了話之後，才走到我身邊。

「……這裡是學校。」

宮城一臉不悅，卻又不知所措地皺著眉頭這麼說。

「我知道。」

「那妳就不要來找我，我們不是說好了嗎？」

她咬牙切齒的說話聲裡只有不滿的情緒。不過她似乎還知道自己說話的內容不適合讓別人聽到，所以用只有我聽得見的小小聲音在跟我說話。

「這個放在我的口袋裡。把這種東西拿來還妳，就只是普通的歸還失物而已啊，就算在學校找妳說話也沒什麼好奇怪的吧？」

我把手上的橡皮擦拿給宮城看。

「這種東西——」

「不還我也無所謂，送給妳。妳想這樣說對吧？」

我搶走宮城原本想說的話，她陷入了沉默。我早就知道她在這種情況會說什麼了。我跟宮城相處的時間已經長到我能夠猜到這些事。

「我是可以收下，但在那之前我有話要跟妳說。」

我先把橡皮擦收回口袋裡，然後抓住宮城的手臂。

「喂，等一下。」

「站在這裡太醒目了，跟我來。」

雖然我覺得我們已經很引人注目了，但總比繼續站在教室門口說話好。

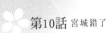

我拉著宮城走。

午休的走廊上人很多，我拉著宮城的手往前走的狀況比剛剛還引人注目。宮城也察覺到了這一點，立刻甩開我的手，自己跟了上來。她可能是覺得即使逃跑，我也會追上去吧，所

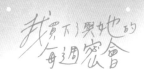

以沒有抱怨，默默地跟著我。

我們來到舊校舍的角落，我把難得如此順從的宮城推進音樂準備室，然後把她帶進教室最裡面的地方。

「妳帶我來這裡是想幹嘛？我還沒吃午餐耶。」

宮城來到午休時間不太會有學生造訪的地方，立刻不再隱藏她的不滿。聽過好幾次的這種低沉聲音，充分地顯示出她有多生氣。

「我不這樣做妳就不肯聽我說話，會逃走吧。」

我靠著放樂器的架子，再次抓住宮城的手臂。一臉不知道把和善忘在哪裡的宮城沒有反抗。她就這樣任憑我抓著她的手臂，站在我面前。

「我們不是說好不在學校和對方說話嗎？」

「是妳說在學校不會跟我搭話，會用手機聯絡我。我可沒有說我會照辦。」

我覺得我這是在狡辯。

去年我確實是在自己也會這樣做的前提下，接受了宮城提議，這也成了我們之間的規矩。宮城說得才是對的，但我不能退讓。

我有無論如何都想問宮城，想要告訴她的事情。

「……即使如此，我也沒什麼事情好在這裡跟妳說的。」

儘管宮城接受了我那毫無道理可言的說詞，仍馬上投來憤恨的目光。

「即使妳沒有，我也有。」

「那下次來我家的時候再說就好了啊。」

「妳在這種時候才不會找我過去，妳根本打算就這樣結束掉我們的關係吧。」

「我會找啊。」

「什麼時候才會？我昨天去妳家的時候，不管是按門鈴還是打電話，妳都在裝死吧？」

「……我只是剛好沒應門，也沒接到電話……之後我就會找妳了。」

宮城用根本不覺得她這話是認真的，也感覺不出她有想要找我的語氣這麼說。

我果然還是得在這裡問啊。

要是我現在放開手，我跟宮城之間的關係就到此為止了。

我的手更用力地抓緊了她的手臂。

「我有事情想問妳，回答我。」

我沒聽到她回我好或不好，但還是繼續說了下去。

「妳那天為什麼趕我走？」

現在只有我的聲音迴盪在即使說好聽也算不上乾淨的老舊準備室裡。宮城不說話，而且一動也不動。充滿歷史的音樂準備室裡擺放著許多樂器盒，但它們也就只是擺在那裡，無法成為改變我倆之間沉滯氣氛的契機。

「回答我啊。」

我拉了拉她的手臂，宮城像是要表現出她不願回答的態度，往後退了一步。

「妳不要命令我。」

「我可以命令妳，因為這裡不是妳家。」

宮城只有在她家才可以命令我。

她用五千圓作為代價，買下命令我的權利。

這條規則並不適用於學校。

「只是因為事情做完了，我才請妳回家，不是要趕妳走。」

宮城死心地說：「這樣可以了吧？」並試圖甩開我的手，可是我不打算放開她。

「妳覺得那樣就算事情做完了？」

「我命令妳閉上眼睛，妳也照做了。這樣就已經完成了命令，沒有其他要做的事情了。」

「妳真的覺得命令到那裡結束就好了嗎？」

「我不就說那樣就完成了嗎？」

「妳明明還想再做點什麼的。這樣真的好嗎？」

我原本就不是什麼老實的人，但我覺得跟宮城在一起的時候，我的這個毛病會變得更嚴重。明明是我誘導宮城做些什麼的，我卻想逼她吐出答案。

不過事情當然不會進展得這麼順利。

「是仙台同學妳想太多了吧。」

宮城放棄回答，甩開我的手，轉身要離開準備室。我因此覺得有些憤慨。

「對了。宮城妳啊，有在準備考試嗎？」

我像是突然想到一樣地問她，宮城回過頭來，露出了狐疑的表情。

「妳幹嘛突然問這個？」

「我沒有，都是妳害我沒辦法好好準備的。妳要負責。」

「我聽不懂妳說什麼。」

「妳現在帶著手機嗎？」

「我有需要回答妳嗎？」

「我在問妳有沒有帶。」

「……我放在教室。」

「今天叫我去妳家。」

我不會傳訊息給她。

傳訊息是宮城的工作。而且要今天。
我現在心情沒有好到願意放過她。
「如果我說不想呢？」
宮城不高興地說。
她看起來很想回教室。而且心情似乎越來越差。
「就算不想也要叫我，一定要。啊，還有，橡皮擦還妳。」
我走近宮城，看著她的眼睛，然後抓起她的手腕，硬是讓她握住了那塊橡皮擦。
「我不要，送妳。」
「那我去妳家收下。」
我沒有收下橡皮擦就丟下宮城，走出音樂準備室。回到教室之後，感覺應該沒時間吃午餐了，我便直接開始準備上下一堂課。
我往嘴裡丟了一顆糖果，藉此欺騙空蕩蕩的胃。

◇◇◇

在我聽完老師的長篇大論，迎接下課時間後，手機裡收到了宮城傳來的訊息。

我沒有特別急著趕過來。

即使如此，我還是比平常早到。

我做了一次深呼吸之後打開大門，宮城已經在等我了。感覺在我關上門之前，她就會給我五千圓。

「不用給我，畢竟是我要妳叫我來的。」

平常我都會收下。

畢竟這是我們之間的規矩，我收下她的錢也是理所當然的事，我今天卻先婉拒了她的五千圓後才脫鞋。我本來打算直接進去宮城的房間裡，房間的主人卻像門神一樣動也不動，擋住了我的去路。

「我不是因為仙台同學說了才找妳。而是我自己想找妳過來的，所以我會付錢。」

看來即使回到家，宮城的心情依舊不太美麗，她一臉厭煩地說道。

「妳有什麼事情想命令我嗎？」

「……有。」

宮城小聲地說，再次遞出五千圓。

怎麼看她都不像有計畫的樣子啊。

她的聲音和表情不像有事情要命令我，可是如果我跟她爭這些，結果又被她趕出門，那

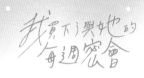

我也很困擾。

「好吧。」

我收下五千圓並收進錢包裡之後，原本擋在走廊上的宮城才說了句「我去拿飲料」並走向廚房。我沒等她便逕自走進房間，放下書包。然後鬆開領帶，解開襯衫的第二顆釦子，靠著床在地板上坐下。

我雖然已經來過宮城家很多次了，現在卻有些坐立難安。我沒有心情看漫畫，也覺得躺在床上等她好像不太對。

我也一樣沒有任何計畫。

我不能接受宮城想把在這裡發生過的事情以及我們之間的關係，像是用橡皮擦擦掉字跡，變回一張白紙的行為，然而我根本不知道該說些什麼才好。雖然從我開始跟宮城交談到現在還不到一年，今天仍是我最不知道該跟她說什麼才好的一天。

我「唉」地呼出一口細細長長的氣，這時宮城端著一個托盤，上面放著兩個玻璃杯，還有她平常不會拿的小盤子走進了房裡。

「吃吃看吧。」

她把小盤子放在桌上，冷淡地說。

「蜂蜜蛋糕？」

真難得。

雖然我也很久沒看過蜂蜜蛋糕了，不過宮城會拿食物來招待我，本身就是一件非常難得的事。要說宮城會端來招待我的東西，基本上就是汽水和麥茶。

「今天妳沒吃午餐吧？雖然我覺得妳是自找的。」

「喔，妳今天這麼體貼啊。」

「只是吃剩的，覺得丟掉也很浪費……妳不吃我就收走。」

儘管嘴上這樣說，宮城也沒有吃那塊蜂蜜蛋糕。而是坐到了床上。

「我要吃，開動了。」

我不確定蜂蜜蛋糕是不是該用叉子來吃的食物，但旁邊放了一把銀色的叉子。我拿起叉子，把細緻高雅的蛋黃色甜點送入口中。吃了一口，蛋糕蓬鬆柔軟又甜美。殘留在底下的粗砂糖顆粒吃起來也有種脆脆的口感，非常好吃，我又吃了一口。

我把整片蛋糕都裝進了胃裡，喝了口麥茶。

實際上的確如宮城所言，我錯過了吃午餐的時機。放學後我也拒絕了羽美奈的邀約，沒去別的地方就來了這裡，所以沒有吃任何能替代午餐的東西。不過我想宮城應該也跟我一樣沒吃。

「妳不吃嗎？」

「我吃過了。」

宮城說著我無法判斷是真是假的話，百無聊賴地晃著腳。她這樣看起來既像是沒事可做而覺得無聊，也有點像是坐立難安的表現。我覺得她這樣很沒規矩，所以拿叉子戳了戳她離我有一段距離的腳。

「很痛耶。」

她停止晃腳，忿忿不平地看過來。

「要我舔妳的腳嗎？」

「不必。要命令妳做什麼由我來決定。」

防範著我的宮城把腳抬到床上，抱膝而坐。

「仙台同學，妳在學校不要找我說話啦。」

「這是命令嗎？」

宮城沒有回答。

她沉默不語，從我身上別開了視線。

我靠近宮城，拎起她的裙襬。可是她馬上拍掉了我的手，我接著便聽見一道壓低的聲音傳來。

「都怪妳，害我今天過得好慘。」

宮城沒回答我剛剛那句話是不是命令，逕自說了下去。

「因為仙台同學來教室找我，舞香她們問了我好多事。我回教室之後，她也興致勃勃地一直追問妳為什麼來找我，累死我了。」

「妳怎麼回她？」

「我說妳跑來找我借錢。」

「……真的假的？」

「假的。我說仙台同學是來幫老師傳話，叫我去教師辦公室，然後我就直接去找老師了……不過她很懷疑我的說詞。」

嗯，我想也是。

畢竟至今沒有任何交集的人突然跑來班上，然後朋友就這樣不知道被帶去哪裡了。她們不覺得好奇那才奇怪吧。

「這樣真的很麻煩，妳不要再來找我了。」

宮城說完後下床，坐在離我有段距離的位置。

「妳也坐太遠了吧？」

「因為妳會做奇怪的事情。」

「才不會，平常都是妳在做些奇怪的事情吧？」

我糾正她抹黑我的發言。

她不命令我，我就不會做出奇怪的事情。只要宮城別下些奇怪的命令就好了，不應該把這問題怪在我頭上。不過她似乎不這麼認為。

「仙台同學才沒資格說我，剛剛妳不也突然想要掀我的裙子嗎？」

「我只是拉一下而已啊，宮城妳就只會否定別人。」

「還不是因為妳總是會做些讓人想要否定妳的事。真要說起來，妳今天到底是怎樣啊？仙台同學妳跟平常不一樣，話太多了吧。」

我的話確實有點多。

我明明待在覺得舒適的房間裡，今天卻不知道為什麼像是要掩飾自己感到格格不入的心情，一直在說話。跟我還不習慣這裡的時候一樣，為了不讓場面陷入沉默而滔滔不絕地說個沒完。

然而不是只有我這樣。

「那是我要說的話。宮城妳才是，今天話很多耶。」

我明明沒問，宮城卻主動向我報告在學校裡發生的事，這種狀況很少見。而且她平常根本不會拿點心給我，也不會顧慮我。

今天跟平常不一樣。

這句話完全符合她的狀況。

「我才沒有話多。」

宮城氣呼呼地說完，拿了書包過來，並從中取出某樣東西。

「妳是來收下這個的吧？我在學校也說過了，給妳。」

她煩躁地說。

我看著她粗魯地伸過來的手，上面放著我在學校還給她的橡皮擦。

她真的不管什麼東西都會說「給妳」。無論是在書店時的五千圓、因為我的制服被汽水潑濕而拿給我替換的衣服，還是這個我在學校還給她的橡皮擦，她都表現得像是毫無眷戀一樣，可以輕易地送給別人。也不在乎我想要還給她的心情。我知道宮城就是這種人，但即使知道，也是有無法接受的事。

我沒有拿起橡皮擦。而是抓住了她的手腕。

宮城一臉驚訝，我用唇輕觸她方才還拿著橡皮擦的手指，並舔了一下。有點冰冷的手指上沒有鮮血或洋芋片的味道。我把舌頭用力抵上去，橡皮擦掉在地板上。宮城本想動手摸我的臉頰，卻又馬上拿開了手。

「別這樣。」

她甩開了我抓著她手腕的手，用手推開我的額頭。

「因為宮城妳一直不下命令啊。」

「要是我命令妳回家，妳會回去嗎？」

「那是命令的話，我會照做。」

規矩是絕對的，我會遵守。

不過宮城不會下達這樣的命令給我。

如果她真的希望我回家，就不會問這種假設性問題，會直接像之前那樣趕我回去。

「……仙台同學很狡猾耶。」

宮城嘴裡模糊不清地嘀咕著。

「妳要是覺得我狡猾，直接說出妳真正想要我做的事情不就好了？」

「我沒有無論如何都想要妳做的事情。」

「沒事要做的話，那五千圓還妳。」

「我不收。」

「那妳就命令我啊，我們是這樣說好的。」

我們兩個雖然乍看之下不像，實際上卻很相似。

我不喜歡校內權力階層這個說法，但依照這個邏輯來劃分，我的地位算是在上層。如果分得更仔細一點，我應該會被分在上層內偏低的位置。至於宮城雖然不像是在最底層，卻也不屬於上層。

努力不要掉出上層之外的我，和勉強撐著不要落到最底層的宮城，在不上不下這個方面其實是一樣的。

而且我們都想要一個方便的對象。

我從宮城那裡獲得了一個不是自己家，但能讓我安心待著的地方，宮城也得到了可以予取予求的我。

若是我們因此對彼此產生興趣，也不是什麼奇怪的事。

我緊緊握住自己的手。

這樣的想法其實不太坦率。

我心裡已經有過答案了。儘管我拿出各式各樣的道理來試著解釋，但說穿了，我就是想跟宮城接吻，想確認看看真的親下去了會怎麼樣。

——現在，就在這裡。

「妳知道妳該下達什麼命令吧？」

我稍稍接近宮城。

我移動了多少，我倆之間的距離也就拉近了那麼多，並沒有再拉開。宮城的視線雖然沒有看向我，但也沒有躲我。

「……由仙台同學妳主動啦。」

宮城沒有看我，說出跟之前不同的話。

「主動什麼？」

「……接吻。」

接下來該怎麼辦。

她把決定權交給我。可是無權拒絕的我只會有一個答案。

我貼近宮城的身體，用手梳著她的頭髮。

稍稍過肩的一頭黑髮非常柔順。

我用手捧著她的臉頰，將臉緩緩湊了過去。像隻野貓那樣根本不聽人話的宮城乖乖地坐著，原本沒有交集的視線對上，持續相望。這表示宮城還睜著眼睛。

「妳閉上眼睛啊。」

「仙台同學妳很煩耶。我會在想閉的時候閉上啦，妳不要管我。」

要說不是情人的我們其實不需要營造什麼氣氛，那倒也沒說錯，但這樣實在太沒情調了。我不覺得這像是即將接吻的人該有的反應，卻很像宮城會做的事。

我沒辦法，只能把閉上眼睛的時機交給宮城掌握，把臉湊過去。我一邊想著這樣還真有點難親下去，一邊靠到相當近的距離之後，宮城才像是要逃避我的目光似的閉上了眼。

我覺得她這樣有點可愛。

雖然想再多看兩眼，但我也閉上了雙眼。

然後碰到了宮城的唇。

我的心跳沒怎麼加速。

但我確實有點緊張。

總覺得透過嘴唇傳遞而來的觸感格外鮮明。

柔軟又溫暖。

我不清楚自己到底有沒有憋住呼吸，但覺得宮城這個人離我好近好近。

我的嘴唇離開她的。

既不甜、也不酸，更不像蜂蜜蛋糕。

沒有任何味道。

真要說起來，要是初吻就來個很有味道的吻，那也挺糟糕的。

我看著宮城，但她沒有看我。

我還想再吻一次。

我想要更深刻地去感受宮城這個人。

我抓住她的肩膀，又把臉湊了過去，卻被她推開。

「妳還想要？」

接著聽到宮城不悅的聲音。

「不是妳要我做的嗎？」

「我又沒叫妳做兩次。」

「小氣鬼。」

我出言抱怨，伸手撫摸宮城的項頸。

傳來的體溫比平常更高。

「妳再命令我一次啊。」

我這句話讓宮城明顯露出不快的表情，但是她停頓了一下之後，淡淡地說了。

「……再一次。」

我聽見聲音之後靠了過去，輕易地縮短了彼此的距離。我倆之間很快地就不再有任何空隙，接著便是第二次的接吻。

雖然第一次接吻時我沒有意識到，但我覺得很舒服。

柔軟的唇，以及透過嘴唇傳來的宮城這個人的存在，儘管只是一點點的接觸，感覺卻這麼地舒服。我的身體往宮城身上倒，熱度從我倆接觸的部分傳來，身體像是打開了某種開關一樣動了起來，我用舌頭輕觸她的唇。

感覺比方才更火熱。

無論是我，還是宮城。

體溫比起以手指碰觸的時候更加交融，彼此之間的界線變得模糊。

宮城的唇稍稍張開，呼出氣息。乾啞的聲音混在氣息裡，令我感到耳朵深處傳來陣陣騷動。宮城的手抓住了我的背心。

想要，我還想要更多。

我想觸碰宮城。

我以舌尖撬開她微微張開的唇，本想讓舌頭鑽進去，卻遭到拒絕。我為表抗議而咬了宮城的唇，結果被她用力推開。

「我沒有要妳做到這種程度。」

「接吻就是接吻啊。」

「總之妳可以停下來了。」

宮城斬釘截鐵地這麼說，並且稍稍後退。然後看也沒看我，又接著說了句：「接下來要怎麼辦？」後，拿起套著鱷魚面紙套的面紙盒丟向我。我接下長出面紙的鱷魚，放在地上。

「怎麼辦是指？」

「這樣很尷尬吧。」

嗯，確實。

宮城不是我的情人。而且照她所說的，我們也不是朋友。既然跟這樣的對象接吻了，的確會覺得尷尬。

不過應該什麼都沒改變吧。

我不認為只是接吻，宮城就會改變她的態度。

反正她之後一定也會像是全身帶刺那樣嫌東嫌西，不可能會變得溫柔吧。要是她突然親暱地跟我搭話，我反而會覺得很噁心。或許真有些什麼會改變，不過在真的改變之前，我也不會知道那是什麼，只能走一步算一步了。

「仙台同學的腦筋雖然好，但是很笨耶。」

宮城邊嘆氣邊說。

「我承認我很笨，可是我腦筋不好喔。」

要是我腦筋好，就能回應父母的期望了。

我應該會考上不同的高中，也就不會遇見宮城了。

「據說只有一開始會尷尬喔。」

我不負責任地說，往床上一躺。

宮城只要保持現狀就好了，如果她能表現得一如往常，那就沒問題。

「之後也要找我過來喔。」

「不用妳說我也會啦，不要命令我。」

宮城不悅地起身，拿了漫畫過來，然後喝了一口汽水。

跟她接吻之後，我可以知道的是，我中意宮城的程度已經到了我會擅自跑來她家、在學校找她，並且要求她命令我。

我竟然這麼中意她，連我自己都很意外。

但我不打算告訴她就是了。

後記

非常感謝各位閱讀這本《我買下了與她的每週密會～以五千圓為藉口，共度兩人時光～》。

本書是將網路連載小說的內容改寫、修正，並另外加上專為出版品版本撰寫的內容後，正式出版的產物。

這是我第一次出書，第一次寫後記……也因為如此，就連正在寫後記的這個時候，我腦中依然充滿著「真的會出書嗎？」的念頭。由於我對此一直半信半疑，所以我覺得在看到這本書真的出版之前，絕對不可以死，於是每天都過著貫徹「愛惜生命大作戰」的生活。而且我根本不知道後記該寫些什麼，現在正瑟瑟發抖。不過光是發抖事情也不會有任何進展，所以我想回顧一下從本作品誕生開始，直到我寫這篇後記為止的經過。

本書的主角宮城和仙台是在二〇二〇年誕生的。她們之所以會誕生，是因為我在電腦裡記下了「每週買一次同學的故事」這短短的一行字。我在最後成為本書書名來源的這句話上，添加了「有什麼不順心的事就用五千圓買下同學」和「校內權力階層的上下關係」這兩項設定，並且讓故事往我自己想看的方向發展，最終變成了各位所看到的作品。

不過本書不僅兩個主角都有點毛病，故事設定也很吃個人喜好。我還是會擔心讀者們買不買帳，所以先規劃成了兩話（在網路連載時為六話）就結束的短篇，並發表在網路上，沒想到點閱次數竟然遠超出我的預期。我心想「既然如此！」就繼續讓這個故事延續下去，從而獲得了「第七屆カクヨム網路小說大賽的愛情喜劇（輕小說）項目特別賞」的殊榮，並在U35老師出色的插畫點綴下，得以出版成冊。

由於網路連載的第一話是在二〇二〇年二月發表的，修稿時我必須面對兩年前的自己，不過我覺得這部分與其說辛苦，不如說我反而做得很愉快。

然後關於幕間與番外篇的部分，都是因應出版計畫而增寫的內容。番外篇是以宮城的視角來描述第二話「宮城今天也給了我五千圓」的內容。這是我一直想寫，卻苦無機會寫的故事，這下總算有機會問世了！

幕間則是在跟責任編輯開會討論修改內容時，我提到番外篇寫了宮城視角的故事，所以也想寫一點仙台視角的新故事時，在責編提議：「那寫遇見宮城之前的仙台來當作幕間故事如何呢？」所誕生出來的篇章。因為我本人從沒想過要寫她們兩個相遇之前的故事，真的很感謝責編的提議。

後記

發生了諸如此類的事，像這樣回顧過去，看來頁數也累積得差不多了。

最後在此誠心地感謝閱讀宮城和仙台的故事，以及在網站上持續鼓勵、支持我的各位。

我還有很多關於她們的故事想寫，要是能在第二集的後記再見到大家，我會很高興的。

然後——

繪製超美插圖的Ｕ３５老師、告訴我很多我不知道的事情的責編、在各個方面協助本作品出版的各位，真的非常非常地感謝您們。

然後、然後，我還要謝謝總是陪我討論、給我建議的好友Ｎ。謝謝你願意做這麼吃力不討好的事情。

那麼，希望各位喜歡接下來的番外篇。

羽田宇佐

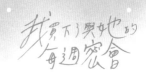

番外篇　仙台同學一定不知道我的名字

儘管已經進入七月了，陽光卻沒那麼強烈。

我停下腳步，仰望天空。早上踏出家門時還幾乎沒有的雲朵，已經開始覆蓋天空，感覺好像會下雨，也有可能不會下。明明已經度過梅雨季，步入夏季了，放學後的天空卻還不願意接受夏季的到來。

都怪這格外陰晴不定的天空，讓我不知道是否該繞去別的地方。

即使早點回家，家裡也沒人。

一個人在空蕩蕩的家裡消磨時間，一個人在沒有其他人的廚房裡吃晚餐。

只為了這些事情提早回家也沒什麼意思，所以先在外面晃晃再回家會比較好，但要是我還在外面消磨時間時便下起雨來，那可就麻煩了。我身上沒帶傘，下雨的話只能淋雨回家，要把淋濕的制服弄乾又是一大工程。雖然我明天以制服還沒乾為理由請假，也不會有人苛責我，可是一個人在家也很無聊。

會下、不會下、會下。

我慢吞吞地走著，來到書店前，又抬頭看了一次天空。

雲層好像變厚了，又好像沒有。我很希望天空能像不久前那樣變回一片藍，但看來是沒希望了。

我前陣子才跟舞香一起去過書店，所以現在沒有想買的書。不過上了高中之後會來的這家書店會進的商品種類很豐富，不管有沒有要買書，都很適合打發時間。

我賭今天不會下雨而走進書店，朝著陳列漫畫的區域前進。我看到了幾本書名讓我有點感興趣的作品，但有些猶豫該不該拿起它們。我覺得如果要買，還是不要挑可能會下雨的今天，等哪天天氣好再買比較好，所以看完小說區的書櫃後，我便走向了雜誌區。一些平放著的雜誌封面映入眼簾，不過我沒發現什麼有趣的玩意兒，不經意地往左邊看了一眼。

「啊。」

我反射性地發出了聲音。

我偶爾會在這家書店看到這張臉。

跟我同校、同班的學生。

我發現了跟我就只是同班同學，除此之外沒有任何關係的仙台同學，心裡冒出了「真討厭」的想法。

我對她正在看的那些五顏六色的雜誌沒興趣，但就算只是看看封面，還是可以打發時間，所以我還是想在這裡待一下。然而跟身穿同樣制服的她待在同一個區域，讓我覺得很不自在。畢竟仙台同學是離我非常遙遠的人物，要是她主動接近，我也不知道該怎麼辦。所以我一旦看到她，就得離開這裡。

我「唉」地輕輕嘆了口氣。

反正仙台同學不會注意到我。

既然她至今為止從來沒有發現過我，應該不至於今天突然注意到我吧。真要說起來，我就連仙台同學到底記不記得我的名字都不太有把握，她搞不好連我的長相都沒記住。

我認為我和她所處的世界就是如此的不同。

有一條看不見的線將我們劃分開來。

只要去學校，就能夠明確地感受到這件事。

班上同學依照色彩分成了許多種類，有同樣色彩的人會聚集在一起。群體之間像是有界線一樣，將整個班級劃分開來，不同色彩的人不會混在一起。而我和仙台同學的色彩當然不一樣。因為這些界線並非實際存在，大家還是可以在不同群體之間來去，所以平常不太會去在意這件事，可是我一旦去到不屬於自己的區塊，就會覺得那裡的氣氛完全不同，感到格格不入。

仙台同學是不會有這種感受的人。

她能夠輕易跨越界線，去到教室裡任何她想去的地方。

我跟她應該合不來吧。

我在離開雜誌區之前，偷偷看了仙台同學一眼。

她用格外嚴肅的表情看著封面十分亮眼的雜誌。這麼說來，我之前看到她的時候，她也是這樣一臉嚴肅地看著雜誌。因為她在學校總是表現得很開朗，看起來很開心的樣子，這跟我印象中的她不太一樣。

即使如此，仍不改她引人注目的事實。

在學校的時候也是，儘管比不上茨木同學，她還是相當醒目。

或許是因為她總是有化一點淡妝，看起來很漂亮的緣故。

我背對仙台同學，離開雜誌區。回到陳列漫畫的書櫃前，拿起剛剛在猶豫要不要買的漫畫，又把漫畫放回架上，走去小說區。我在書店裡繞了兩圈之後，再度回到雜誌區。仙台同學已經不在那裡了。我也沒打算像個跟蹤狂那樣跟著她，於是朝著店門口走去，決定回家。

但我發現仙台同學正在收銀台前翻找書包裡的東西，因而停下了腳步。

她在做什麼啊？

我從沒在學校看她這樣手忙腳亂過，讓我有點好奇。

我覺得自己不該靠近，卻還是因為在意而走了過去。一靠近就聽到她發出了「啊～」

「呃……」這些聽起來不知該如何是好的聲音。我看了看收銀機，上面顯示出書本的金額，但不像是已經付款了。看來她是忘了帶錢包。

看她著急的樣子，我不禁湧上一股親近感。

我的錢包裡放了一些對我而言實在太多了的零用錢，即使我在這裡拿錢給仙台同學，也不會造成我的困擾。不過看著在學校總是游刃有餘的她困擾到最後什麼都沒買，兩手空空地離開書店的模樣，感覺也滿有趣的。

「這些書——」

仙台同學的聲音傳來。

我反射性地開口並採取行動。

「我付。」

我聽到仙台同學驚訝地「咦？」了一聲，又更靠近到她身邊，從錢包裡掏出五千圓，放在收銀托盤上。

「仙台同學。這妳先拿去用吧。」

這只是我一時興起的行為，不是想賣人情給她，也不是想要求什麼回報。

就是沒來由地想這樣做。

我沒想太多就拿出了五千圓，可能是因為看到平常從未看過，顯得不知所措又焦急的她，讓我覺得好像看到了自己。也或許我只是想看看，我拿出五千圓之後，她會露出什麼樣的表情。我自己也搞不太清楚，但是因為錢包裡面有這張五千圓鈔票，所以我做出了平常不會做的事情。

我想大概就是這麼回事吧。

「……妳是宮城，對吧？」

原來妳知道我叫什麼名字啊。

我把差點出口的話給吞了回去。因為我以為不可能叫出我名字的仙台同學一副很驚訝的樣子，害我差點也因為驚訝而脫口說出不必要的話。

「拿那張鈔票去付吧。」

「沒關係啦，這樣對妳很不好意思。」

「不用介意。」

畢竟我這麼做別無他意，她別放在心上就好了。如果我們因為要付還是不付這種無聊的事在收銀台前爭執不休，反而引人注目。而且要是剛好被人看到，在學校問起我和仙台同學講了些什麼也很麻煩，所以我只希望能盡快離開這裡。可是仙台同學不肯退讓。

「不，這還妳。」

放在托盤上的五千圓回到我手裡，但我沒有要把錢收進錢包裡。我再次將五千圓放到托盤上。

「請問您是要用這筆錢付款嗎？」

聽到收銀姊姊這只能用困惑來形容的聲音，我回答：「是的，麻煩妳了。」之後，五千圓便消失在收銀機裡。我趁仙台同學收下找零時離開收銀台，但她立刻追了上來。

「宮城，謝謝妳。我好像忘了帶錢包，幸好有妳幫忙。」

我聽到了仙台同學開朗明快的聲音，但她要是真的感謝我，我希望她就別再理會我了。在學校裡，我和仙台同學分別屬於不同區域。而在書店這裡，我應該要出現在漫畫區，仙台同學則是會在五顏六色的雜誌區逗留。就因為我們兩個應該待在不同的區域，我覺得我們應該要離彼此更遠一點才合理。

「這是找回來的錢。用掉的部分我明天到學校再還妳。」

「不用還我沒關係。找回來的錢也給妳。」

我不需要這五千圓。

要是舞香看到我在學校和仙台同學有金錢往來，她八成會一直追問我們之間到底發生了什麼事。那可不是什麼好玩的事。

我背對仙台同學，邁開腳步。

「咦？等等，這樣我很困擾耶。」

「我真的不需要，仙台同學妳就收下吧。」

「我不能收啊，還給妳。」

「那妳丟掉吧。」

「妳說丟掉，這可是錢耶？」

仙台同學抓住我的肩膀。

我是覺得她如果捨不得丟掉，只要收下就好了，但她似乎不願意丟也不願意收，逕自說了下去。

「啊～不然這樣吧，這些錢我收下，就當作我跟妳借了五千圓，明天一起還妳吧。」

「無所謂，不用還我。」

我甩開她抓住我肩膀的手，走出書店。

「我會還妳。包含找錢在內的五千圓，我會在學校還妳。」

看樣子她是追上來了，身後傳來我在學校從沒聽過，有一點點帶刺的聲音。她明明都跟一群如果說要給他們五千圓，他們就會乖乖收下的人混在一起，然而她本人似乎不是那種類型的人。

她意外地囉唆。

而且還很堅持己見。

我一邊走，一邊思考該怎麼把這五千圓硬塞給她。

仙台同學能接受……不對，即使她不接受，也不得不收下五千圓的理由。

我想著想著，一個爛到極點的點子閃過腦海。

「……不然妳替我做事，來抵這五千圓好了。」

我看都沒看仙台同學，便如此說道。

這筆錢是她付出勞力後換來的報酬。

這雖然是個無聊的提議，但也沒什麼好奇怪的。我爸爸也是在用勞力換取金錢。收在我錢包裡的這些錢，是爸爸無論假日還是應該在家的時間，全都拿去工作之後，所獲得的一部分成果。

「咦？做事？」

「總之妳先來我家。」

我停下腳步，看向仙台同學。

「啥？去妳家是什麼意思？我都說錢我明天會還妳了。」

「妳不來的話，錢就給妳，妳收下吧。」

仙台同學不會來，她也不必來。

那五千圓就給仙台同學。

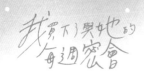

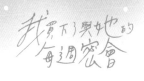

這樣就結束了。

雖然一個人回家也很無聊，我還是轉身背對她。

接著聽到一聲小小的嘆息。

仙台同學只要那樣留在原地就好了。

我在踏出腳步前先抬頭看了看天空。雲層變得比我走進書店前更厚了。已經不是感覺好像會下雨，而是彷彿在說一定會下雨的灰色烏雲覆蓋著天空。

還是快點回家吧。畢竟我不想弄濕制服。

在我這樣想的時候，又聽見一道比方才更沉重的嘆息聲。

「我家有傘喔。」

我不知道仙台同學有沒有帶傘，但她憂鬱的嘆息讓我忍不住說了多餘的話。

「啊～真是的。妳家在哪裡？在附近嗎？」

「不遠，跟我來。」

我低聲說完便往前走之後，仙台同學還真的跟上來了。

我不知道我想叫仙台同學做什麼。

也不知道仙台同學跟來是打算做什麼。

不過我覺得偶爾有一點這種小插曲也不錯。

我不是真的有事想叫她做，但就算回家了，家裡也只有我一個人，很無聊。如果有仙台同學在，感覺可以多少打發一點時間。雖然我們之間應該沒有什麼共通話題，所以她應該沒辦法跟我聊天，不過總是比一個人在家好。

所以我默默地朝著家的方向前進。

青春與惡魔 1~2 待續

Kadokawa Fantastic Novels

作者：池田明季哉　插畫：ゆーFOU

倘若懷抱絕對無法實現的願望……
真的還有辦法驅除惡魔嗎？

某天，突然不來學校上課的三雨向有葉商量起心事。當她脫掉帽子後，蹦出來的──竟是一對長長的兔子耳朵？為了驅除附身在三雨身上的惡魔，有葉與她一同行動，並得知她藏在心底的心意。與此同時，衣緒花和有葉之間也產生了若有似無的隔閡──

各 **NT$220~240/HK$73~80**

國家圖書館出版品預行編目資料

我買下了與她的每週密會：以五千圓為藉口,共度兩人時光/羽田宇佐作；Demi譯. -- 初版. -- 臺北市：臺灣角川股份有限公司, 2024.03-

冊；　公分. -- (Kadokawa fantastic novels)

譯自：週に一度クラスメイトを買う話：ふたりの時間、言い訳の五千円

ISBN 978-626-378-633-2(第1冊：平裝)

861.57　　113000356

Kadokawa
Fantastic
Novels

我買下了與她的每週密會～以五千圓為藉口，共度兩人時光～ 1

（原著名：週に一度クラスメイトを買う話 ～ふたりの時間、言い訳の五千円～）

2024年3月25日 初版第1刷發行
2024年6月17日 初版第3刷發行

作　者：羽田宇佐
插　畫：U35
譯　者：Demi

發行人：台灣角川股份有限公司
總　監：呂慧君
總編輯：蔡佩芬
主　編：林秀儒
編　輯：邱瓈萱
設計指導：陳晞叡
美術設計：郭虹吟
印　務：李明修（主任）、張加恩（主任）、張凱棋、潘尚琪

發行所：台灣角川股份有限公司
地　址：104台北市中山區松江路223號3樓
電　話：（02）2515-3000
傳　真：（02）2515-0033
網　址：www.kadokawa.com.tw
劃撥帳戶：台灣角川股份有限公司
劃撥帳號：19487412
法律顧問：有澤法律事務所
製　版：尚騰印刷事業有限公司
ISBN：978-626-378-633-2